Canada Ministère du Secrétariat d'État

Exposé des réclamations adrrssées sic au gouvernement fédéral

En conséquence de l'insurrection survenue dans les Territoires du Nord-Ouest

Antigonos

Canada Ministère du Secrétariat d'État

Exposé des réclamations adrrssées sic au gouvernement fédéral

En conséquence de l'insurrection survenue dans les Territoires du Nord-Ouest

Réimpression inchangée de l'édition originale de 1871.

1ère édition 2024 | ISBN: 978-3-38813-087-3

Antigonos Verlag est une marque de Outlook Verlagsgesellschaft mbH.

Verlag (Éditeur): Outlook Verlag GmbH, Zeilweg 44, 60439 Frankfurt, Deutschland, info@outlook-verlag.de
Vertretungsberechtigt (Représentant autorisé): E. Roepke, Zeilweg 44, 60439 Frankfurt, Deutschland
Druck (Imprimerie): Libri Plureos GmbH, Friedensallee 273, 22763 Hamburg, Deutschland

EXPOSÉ DES RÉCLAMATIONS

ADRESSÉES AU

GOUVERNEMENT FÉDÉRAL,

EN CONSÉQUENCE DE

L'INSURRECTION SURVENUE

DANS LES

TERRITOIRES DU NORD-OUEST.

IMPRIMÉ PAR ORDRE DU PARLEMENT.

OTTAWA :

IMPRIMÉ PAR I. B. TAYLOR, 29, 31 ET 33, RUE RIDEAU.

1871.

RÉPONSE

A une adresse de la chambre des communes, en date du 20 février 1871, demandant un état indiquant toutes les réclamations faites au gouvernement en conséquence des troubles survenus dans les territoires du Nord-Ouest, et les paiements faits, s'il en est ; aussi, copie de tous ordres en conseil, rapports officiels ou autres documents relatifs à ces réclamations pour dommages ; aussi, un état des réclamations faites par les soit-disant délégués, Messrs. Scott, Richot et Black, pour dépenses ou pour indemnité, et les montants payés ; aussi, un état de toutes autres réclamations personnelles faites, et des montants payés, avec copie de tous ordres en conseil et autres documents relatifs à ces réclamations.

Par ordre

J. C. AIKINS,

Secrétaire d'Etat.

Département du Secrétaire d'Etat,
Ottawa, 14 mars 1871.

Bureau d'Audition,
Ottawa, 14 mars 1871.

Monsieur,—J'ai l'honneur de vous transmettre un état de toutes les réclamations adressées au gouvernement fédéral en conséquence de l'insurrection survenue dans les territoires du Nord-Ouest, ainsi que des paiements faits à cet égard, jusqu'au 13e jour de mars 1871,—ainsi qu'un état du montant payé aux délégués, messieurs Black, Richot et Scott.

J'ai l'honneur d'être,
Votre obéissant serviteur,

J. LANGTON,

Auditeur.

E. Parent, écuier.

Etat du montant payé aux délégués, messieurs Scott, Richot et Black.

En argent.......................$3,784 00

JOHN LANGTON,
Par J. SIMPSON, } Auditeur.

Bureau d'Audition,
Ottawa, 14 mars 1871.

Etat de toutes les réclamations adressées au gouvernement fédéral en conséquence de l'insurrection survenue dans les territoires du Nord-Ouest, et de tous les paiements faits à cet égard, jusqu'au 13e jour de mars 1871.

A qui payées.	Montants réclamés.	Montants payés.	Observations.
	$ cts.	$ cts.	
L'hon. Wm. McDougall		11,417 80	Déboursés, dépenses, etc.
L'hon. A. N. Richards, C. R.		4,800 00	Services et dépenses.
J. A. N. Provencher		4,196 59	do do
Lieut.-Col. de Salaberry		2,367 10	do do
Alexander Begg		1,260 27	do do
D. R. Cameron		5,300 00	do do
		$29,341 76	
Sa Grandeur Monseigneur Taché		1,000 00	Frais de voyage.
M. le Grand Vicaire Thibault		3,000 00	do do et services.
Capitaine Ermatinger		341 35	do do do
Jos. Monkman		999 93	Services et déboursés.
W. M. Simpson		200 00	Frais de voyage.
John Schultz		2,131 62	Armes, munitions, provisions et services de diverses personnes.
Lieut. Col. Dennis		3,209 16	Services, dépenses et déboursés.
John A. Snow		2,040 35	Provisions.
McArthur et Martin	1,766 26	1,604 33	do
Bannatyne et Begg. par J. Turner et Cie		1,251 93	do
A. Boyd, par A. Gaviller	3,407 43	3,382 09	do
Charles Mair		344 13	do
James McKay		37 50	Services.
Compagnie de la Baie d'Hudson		247 49	Provisions.
Ed. Barber		121 66	do
James Wallace		72 50	Services.
H. R. Sewell		45 00	do
W. G. Fonseca, par McArthur et Cie	1,264 68	721 71	do
F. W. Johnson		320 00	do
W. E. Morgan		147 97	Frais de voyage.
		$21,216 72	

Ces dépenses n'ont été que partiellement occasionnées par l'insurrection, mais comme on ne saurait exactement les classifier l'on a cru à propos d'insérer les paiements en entier.

2

S. Graham	575 00	Pertes, dépenses, et solde comme volontaire.
Adam Graham	350 00	do indemnité pour emprisonne.nent.
John Schultz	69,450 00	Fonds de commerce, édifices, chevaux, meubles, médecines, dommages causés à sa clientèle et à ses affaires.
Do		Effets enlevés des magasins,—pas de montant indiqué.
Wm. Graham	475 00	Pertes et dépenses, et indemnité pour emprisonnement.
Daniel S. Cameron		do .... do .... do compte envoyé au gouvernement local.
John Higgins	64 27	Compte envoyé au gouvernement local.
A. Boyd	2,589 75	Pertes et intérêts.
Do	55,875 00	Avances faites à des individus qui, pendant l'insurrection, n'ont pu payer leurs dettes, frais d'enlèvement des effets, et autres dommages.
Dr. O'Donnell	3,215 00	Dommages causés à sa clientèle, médecines, etc., et indemnité pour emprisonnement.
James Stewart	1,905 50	Dommages causés à sa clientèle et à ses effets, meubles, etc., et solde comme volontaire.
Archd. Wright	21 25	Provisions au colonel Dennis.
Joseph Crowson	246 97	Services et provisions.
Colonel Dennis	482 50	Perte de carabines, baromètres, hardes, etc.
Charles Garrett, Peter McArthur		
Thos. Lnsted, William Allen		
Joseph Coombs, James Dawson		} Ni les montants ni la nature des réclamations ne sont indiqués.
D. A. Campbell, G. T. McVicar et —— Cameron		
John Higgin	96 5	Provisions.
Chas. L. Chas mpagne	1,000 070	Pertes et indemnité pour emprisonnement.

Bureau d'Audition,
Ottawa, 13 mars 1871.

John Langton,
Par J. Simpson, } Auditeur.

(No. 610.)

OTTAWA, 14 mars 1871.

MONSIEUR,—Relativement à l'adresse de la Chambre des Communes, en date du 20 du mois dernier, dont copie a été par vous transmise à ce département le 21 du même mois, demandant un état de toutes les réclamations adressées au gouvernement fédéral en conséquence de l'insurrection survenue dans les territoires du Nord-Ouest, ainsi que d'autres renseignements s'y rattachant ; j'ai l'honneur de vous expédier sous ce pli copies de tous les documents que ce département possède à ce sujet.

J'ai l'honneur d'être, Monsieur,
Votre très obéissant serviteur,

E. A. MEREDITH,
Sous-Secrétaire d'Etat pour les Provinces.

E. Parent, Ecr.,
Sous-Secrétaire d'Etat.

DÉPARTEMENT DU SECRÉTAIRE D'ETAT POUR LES PROVINCES,
OTTAWA, 6 décembre 1869.

Conformément aux instructions énoncées dans la minute du bureau de la trésorerie, en date du 25 du mois dernier, au sujet des affaires financières des territoires du Nord-Ouest, le soussigné a l'honneur de recommander que sur le crédit parlementaire voté dans le cours de la dernière session pour l'établissement et le gouvernement des territoires du Nord-Ouest, il soit pris une somme de $30,000 pour faire face aux dépenses déjà encourues pour ce même gouvernement (et non couvertes par des ordres en conseil), ainsi qu'à toutes autres dépenses de même nature qui, en toute probabilité, seront faites dans le cours des prochains mois.

Le soussigné a été informé par le département du ministre des finances que les mandats suivants ont été émis pour le compte du gouvernement de ces territoires, savoir :—

Oct. 1.—E. A. Meredith, pour payer les frais de voyage d'officiers publics se rendant au Nord-Ouest............................	$1,000 00
" 28.—Receveur-général, pour payer la traite de M. McDougall...	3,875 00
Déc. 3.—Morland, Watson et Cie., cartouches Peabody............	280 00
„ „—Jos. Wilson, pour payer à L. C. Trompe, pour aider aux émigrants............................	50 00
„ „—Jacques et Hay, meubles pour le lieutenant-gouverneur.......	3,241 01
„ „—G. E. Desbarats, *Gazette du Canada*............	3 80
„ „—Geo. Cox, sceau gravé............	30 00
„ „—J. Durie et fils, livres	10 50
	$8,490 31

Sur cette somme, celle de $4,615.31 seulement se trouve autorisée par ordre en conseil (voir les ordres en conseil du 1er octobre et du 30 novembre), ce qui laisse un montant de $3,875 dépensé sans la sanction d'ordres en conseil.

En sus de cette somme, il a été aujourd'hui même fait une réquisition par le soussigné pour deux mandats de $1,000 chaque en faveur de M. le grand vicaire Thibault et du colonel Charles de Salaberry qui sont à la veille de partir pour le Nord-Ouest pour y remplir une mission spéciale.

Le soussigné recommande que le montant de ces mandats, non autorisés par ordre en conseil, c'est-à-dire $5,875, soit porté au compte du crédit supplémentaire proposé, la balance, $24,125, restant disponible pour les besoins futurs.

Le soussigné recommande en outre que l'honorable Wm. McDougall soit autorisé à tirer sur les agents de la banque de Montréal à New-York, jusqu'à concurrence de $10,000, ce montant devant être également porté au compte du crédit supplémentaire.

Le tout respectueusement soumis.

JOSEPH HOWE.

Rapport d'un comité de l'honorable conseil privé, approuvé par Son Excellence le gouverneur général en conseil le 8 décembre 1869.

Vu la recommandation de l'honorable secrétaire d'état pour les provinces, le comité est d'avis que sur le crédit parlementaire voté dans le cours de la dernière session pour l'établissement et le gouvernement des territoires du Nord-Ouest, il soit pris une somme de $30,000 pour faire face aux dépenses déjà encourues (et non couvertes par des ordres en conseil), ainsi qu'à toutes autres dépenses de même nature qui, en toute probabilité, seront faites dans le cours des prochains mois.

Qu'à ce crédit supplémentaire soient portées la somme de $3,875—montant de la traite de M. McDougall sur le receveur-général, en date du 28 octobre 1869, non couverte par ordre en conseil— ainsi que la somme de $2,000, montant de deux mandats de $1,000 chaque en faveur du Rév. M. Thibault et du colonel de Salaberry qui se rendent au Nord-Ouest pour y remplir une mission spéciale—en tout $5,875—la balance du crédit supplémentaire devant être disponible pour les besoins futurs.

Il est aussi d'avis, tel que recommandé par le secrétaire d'état, que M. McDougall soit autorisé à tirer sur les agents de la banque de Montréal à New-York, jusqu'à concurrence de $10,000, ce montant devant être également porté au compte du crédit supplémentaire.

Certifié.

WM. H. LEE,
Greffier du Conseil Privé.

A l'Honorable
   Secrétaire d'Etat pour les Provinces, etc., etc.

(1,637.)

BUREAU DU SECRÉTAIRE D'ETAT POUR LES PROVINCES,
OTTAWA, 16 décembre 1869.

MONSIEUR,—Au sujet de ma lettre du 2 de ce mois, j'ai l'honneur de vous informer qu'il a plu à Son Excellence le gouverneur-général en conseil vous autoriser à tirer sur les agents de la banque de Montréal à New-York, jusqu'à concurrence de la somme de $10,000.

Lorsque vous tirerez sur New-York, vous voudrez bien me le faire savoir et m'indiquer le montant de votre traite.

Je vous transmets sous ce pli un exemplaire de certains règlements du bureau de la trésorerie, et je vous prierais de vouloir bien me transmettre par la malle, avant le 20 de chaque mois, une estimation pour chacun des trois mois suivants des dépenses liées au service du gouvernement des territoires du Nord-Ouest, exclusivement des montants requis pour les arpentages, chemins et autres travaux sous le contrôle du département des travaux publics, afin que je puisse me trouver en position de fournir au bureau l'état exigé par la dernière partie du cinquième règlement.

J'ai, etc.,

JOSEPH HOWE,
Secrétaire d'Etat pour les Provinces.

L'Honorable
   Wm. McDougall, C. B., etc.. etc.

BUREAU DU SECRÉTAIRE D'ETAT POUR LES PROVINCES,
28 décembre 1869.

MONSIEUR,—J'ai l'honneur de demander qu'il émane en ma faveur un mandat pour la somme de $186 35 due au capitaine James Ermatinger pour certains services rendus par lui et pour frais de voyage qu'il a encourus relativement aux territoires du Nord-Ouest.

Le montant ci-haut doit être porté au compte du crédit supplémentaire affecté au gouvernement des territoires du Nord-Ouest, conformément à l'ordre en conseil du 8 de ce mois.

J'ai, etc.,

E. A. MEREDITH.

L'Auditeur-Général.

BUREAU DU SECRÉTAIRE D'ETAT POUR LES PROVINCES,
31 décembre 1869.

MONSIEUR.—Sous ce pli vous trouverez une traite sur la Banque de Montréal, payable à votre ordre, pour la somme de $186 35, comprenant votre salaire (dans l'affaire de l'insurrection de la Rivière-Rouge), $150, à compter du 2 au 31 décembre (inclusivement), 30 jours à $5 par jour, ainsi que le montant de votre compte, $36 35, transmis dans votre lettre du 24 de ce mois, pour dépenses encourues à Ottawa, et d'Ottawa à Simcoe.

J'ai, etc.,

E. A. MEREDITH.

Capitaine James Ermatinger, Simcoe.

Conformément à la recommandation de M. Howe, le compte ci-dessous, pour un mois de salaire, a été porté au chiffre du salaire que j'ai reçu comme évaluateur sur le chemin de fer Intercolonial, à partir du 2 décembre 1869.

LE DÉPARTEMENT DU SECRÉTAIRE D'ETAT POUR LES PROVINCES.

Dt. A James Ermatinger,

Pour 30 jours de salaire à $5 par jour, du 2 au 31 décembre, les deux jurs inclus, $150 00.

Mes frais de voyage jusqu'à cette localité doivent être ajoutés au compte ci-haut dès que j'aurai pu en constater le chiffre exact.—Un état en sera envoyé de Simcoe.

Approuvé,

JOSEPH HOWE.

4 Décembre 1869.

BUREAU DU SECRÉTAIRE D'ETAT POUR LES PROVINCES
15 février 1870.

MONSIEUR.—Comme il est probable que les services du capitaine Ermatinger ne seront pas requis, du moins d'ici à quelques mois, dans les territoires du Nord-Ouest, le secrétaire d'état désire en arriver à un règlement de compte avec lui le plus tôt possible.

Dans ces circonstances je suis chargé de vous demander si vous vous proposez d'employer de nouveau le capitaine Ermatinger sur le chemin de fer Intercolonial, comme évaluateur, et si c'est le cas, alors à compter de quelle date ; si non, vous voudrez bien indiquer l'époque à venir à laquelle le capitaine Ermatinger aurait été probablement employé par les commissaires s'il eût demeuré à Rimouski.

L'on a donné à entendre à M. Howe que le capitaine Ermatinger, même dans le cas où il n'eût pas été mandé de Rimouski par le gouvernement, se serait vu dans l'obligation de se rendre à Simcoe à peu près vers l'époque où il est venu à Ottawa, afin de remplir ses devoirs officiels dans cette localité. Pouvez-vous me dire si tel est le cas.

J'ai, etc.,

E. A. MEREDITH.

A. Walsh, Ecr.,
	Président de la Com. C. F. I.

BUREAU DU CHEMIN DE FER INTERCOLONIAL.
16 février 1870.

MONSIEUR.—Je reçois à l'instant votre lettre du 15 de ce mois, m'informant que le secrétaire d'état désire en venir à un arrangement équitable avec le capitaine Ermatinger, vu que ses services relativement au Nord-Ouest ne seront probablement pas requis d'ici à quelques mois, et me demandant si l'on a l'intention d'employer encore ce monsieur sur l'Intercolonial, et s'il aurait été obligé, n'ayant pas été appelé à Ottawa, de se rendre à Simcoe vers ce temps-là pour remplir ses devoirs officiels. En réponse à ces questions, j'ai l'honneur de vous informer que l'on a écrit le 14 de ce mois au capitaine Ermatinger, qu'il est libre de revenir terminer les travaux dont il a été chargé sur l'Intercolonial. D'après les renseignements du payeur, ces travaux seront probablement terminés vers le 15 du mois prochain. Je dois aussi vous dire que lorsque le capitaine a été appelé à Ottawa, il était à la veille de partir pour Simcoe, pour assister aux séances du conseil de comté de Norfolk, dont il est le greffier.

J'ai, etc.,

A. WALSH.

E. A. MEREDITH, Ecr.,
Sous-Secrétaire d'Etat pour les Provinces,

BUREAU DU SECRÉTAIRE D'ETAT POUR LES PROVINCES,
11 mars 1870.

MONSIEUR,—J'ai l'honneur de vous prier de payer au département du secrétaire d'Etat pour les provinces, par *un chèque en faveur du capitaine James Ermatinger,* la somme de $155, pour certains services rendus par ce monsieur concernant les territoires du Nord-Ouest.

La somme ci-dessus devra être portée au compte du crédit supplémentaire affecté au gouvernement des territoires du Nord-Ouest, en vertu d'un arrêté du conseil en date du 8 décembre dernier.

J'ai, etc.,

E. A. MEREDITH.

A l'Auditeur-Général.

BUREAU DU SECRÉTAIRE D'ETAT POUR LES PROVINCES,
17 mars, 1870.

MONSIEUR,—J'ai l'honneur de vous transmettre ci-joint un chèque de $155, somme que par votre lettre du 5 de ce mois vous êtes convenu d'accepter en liquidation de toute créance pour vos services durant les difficultés récemment survenues au Nord-Ouest.

J'ai, etc.,

E. A. MEREDITH.

James Ermatinger, Ecr.,'
Simcoe, comté de Norfolk, Ontario.

BUREAU DU SECRÉTAIRE D'ETAT POUR LES PROVINCES.
OTTAWA, 16 février 1870.

MONSIEUR,—Le président de la commission du chemin de fer intercolonial, M. Walsh, m'a communiqué qu'il vous avait écrit le 14 de ce mois, pour vous informer que vous étiez libre de retourner à Rimouski terminer les travaux auxquels vous étiez occupé sur cette ligne lorsque vous avez été appelé à Ottawa en décembre dernier, au sujet des difficultés survenues au Nord-Ouest.

Comme rien n'indique à présent que le gouvernement aura besoin de vos services dans ces territoires, j'ai instruction de vous informer, en ce qui concerne le gouvernement, que vous pouvez vous considérer comme parfaitement libre d'accepter l'offre du président de la commission du chemin de fer intercolonial.

Dans sa lettre, M. Walsh dit aussi que lorsque vous avez été appelé à Ottawa, vous étiez à la veille de partir de Rimouski pour vous rendre aux séances du conseil du comté de Norfolk, dont vous êtes le greffier.

Le gouvernement n'ayant plus besoin de vos services au Nord-Ouest, il désire vous indemniser pour votre séjour temporaire à Simcoe, en vous payant au taux de $5 par jour pour tout le mois de janvier, en sus de la somme que vous avez déjà reçue pour le mois de décembre.

Le gouvernement n'ayant, de fait, aucunement utilisé vos services, et comme vos frais de route d'ici à Simcoe vous ont été payés par lui (frais que vous auriez été obligé de payer vous même sans cette circonstance) vous voudrez bien, nous l'espérons, considérer comme réglée votre réclamation contre le gouvernement.

Dès que vous m'aurez appris que cette proposition vous satisfait et que vous l'acceptez comme règlement définitif, l'émission d'un mandat de $155 sera ordonnée en votre faveur.

J'ai, etc.,

JOSEPH HOWE,
Secrétaire d'Etat pour les Provinces.

SIMCOE, 5 mars 1870.

MONSIEUR,—J'ai l'honneur d'accuser réception de votre lettre du 16 février dernier, par laquelle vous dites que M. Walsh vous a informé que j'étais libre de retourner à Rimouski, etc., pour terminer les travaux pour lesquels j'avais d'abord été nommé. Cette offre m'a été faite, mais je l'ai refusée pour les motifs indiqués dans la copie ci-jointe de ma lettre au secrétaire. J'accepte la proposition de votre lettre du 16 février, c'est-à-dire $5 par jour pour tout le mois de janvier, mais j'ai en même temps lieu de regretter que l'on ne m'ait pas réinstallé dès que l'on a constaté que l'on n'aurait pas besoin de mes services pour le Nord-Ouest.

J'ai, etc.,

JAMES ERMATINGER.

A l'Honorable Joseph Howe.

SIMCOE, 5 mars 1870.

MONSIEUR,—J'ai l'honneur d'accuser réception de votre lettre du 14 février dernier, qui m'est parvenue le 18, et en réponse je vous informe que, vu le télégramme de M. Stevenson, annonçant qu'il restait à peine quinze jours d'ouvrage pour terminer les travaux pour l'exécution desquels j'ai été nommé, je ne puis me prévaloir de l'offre que m'ont faite les commissaires de me réinstaller comme évaluateur.

J'ai, etc.,

JAMES ERMATINGER.

C. S. Ross, Ecr.

DÉPARTEMENT DE LA JUSTICE,
8 janvier 1870.

Le soussigné a reçu instruction du ministre de la justice de requérir le sous-secrétaire d'état pour les provinces d'ordonner le paiement à même le fonds de la Rivière-Rouge—à la compagnie de télégraphe de Montréal, de la somme de trois cent neuf piastres et quinze cts., montant porté au compte du département de la justice, pour télégrammes relatifs aux territoires du Nord-Ouest, pour le trimestre expiré le 31 décembre 1869.

H. BERNARD,
D. M. J.

Approuvé.

JOSEPH HOWE.

OTTAWA, 31 décembre 1869.

Le Secrétaire d'Etat pour les Provinces
À la compagnie de télégraphe de Montréal.

Dt.

Pour trois mois de dépêches par le câble, au sujet du Nord-Ouest $309 15
Reçu paiement.

(No. 9.)

BUREAU DU SECRÉTAIRE D'ETAT POUR LES PROVINCES,
10 janvier 1870.

MONSIEUR,—J'ai l'honneur de demander qu'un mandat soit émis en mon nom pour la No. 13. somme de $309 15 afin que je puisse, par un chèque en sa faveur, payer cette somme à la compagnie de télégraphe de Montréal,—montant porté au compte du département de la justice, pour télégrammes concernant les territoires du Nord-Ouest, pour le trimestre expiré le 31 décembre dernier.

J'ai etc.,

E. A. MEREDITH,
Sous-Secrétaire d'Etat.

À l'Auditeur-Général.

OTTAWA, 13 janvier 1870.

MONSIEUR,—J'ai l'honneur de transmettre ci-joint un état des dépenses encourues durant mon absence d'Ottawa pour mettre à effet les instructions que j'avais reçues de me rendre au Fort Garry, comme percepteur de douane et inspecteur du revenu de l'intérieur.

Je n'ai inséré aucune somme pour équipement ou dommage causé à mes effets, ni pour la transcription de dépêches du gouverneur McDougall dans des circonstances particulièrement fâcheuses. J'ai préféré laisser cela au gouvernement, qui m'indemnisera par une somme ronde ou par une allocation de tant par jour, selon qu'il le jugera à propos.

Les trois caisses contenant de la papeterie, des formules, etc., et appartenant aux départements des douanes et du revenu, sont déposées pour en être retirées à mon ordre, à l'entrepôt de la compagnie de la Baie d'Hudson, à Georgetown, Minnesota.

J'ai etc.,

ALEXANDER BEGG,
Percepteur et Insp. du Revenu de l'Intérieur.

À l'Honorable Joseph Howe,
Secrétaire d'Etat pour les Provinces, Ottawa.

Alexander Begg, percepteur et inspecteur, en compte avec le département du Secrétaire d'État pour les Provinces.

		$ cts	$ cts. 300 00
Octobre 2, 1869..	Montant des chèques officiels avancés....................	....	
	Av.		
do do ..	Frais de voyage par chemin de fer jusqu'à St. Paul, pour moi et mon fils	64 10	
do do ..	Frais extra de transport jusqu'à Chicago, pour cais. de papeterie	25 00	
do do ..	Transport de bagage à la station	1 00	
do do ..	Compte d'hôtel à Prescott, et omnibus................	2 50	
Octobre 3, 1869..	Repas.....................	3 00	
Oct. 5, 1869.....	Compte d'hôtel à Toronto, où j'ai été retenu par ordre du Gouverneur McDougall	8 00	
do do ..	Dépenses à Toronto, déplacement d'armes	3 13	
do do ..	Pour enveloppes doublées en toile pour le gouverneur.........	2 25	
Oct. 6, 1869.....	Repas et wagon-lit	4 50	
Oct. 9, 1869.....	Compte d'hôtel à Sarnia, en attendant le fret..............	12 00	
do do ..	Honoraires de consulat, $2.50 ; passage, $1 ; frais de douane, $1	4 50	
Oct. 10, 1869....	Repas.....................	3 00	
Oct. 11, 1869....	Compte à Détroit, $6 ; télégramme, 75 cts	6 75	
do do ..	Wagon-lit	1 50	
Oct. 13, 1869....	Compte à Chicago, en attendant le fret................	13 00	
do do ..	Omnibus, $1 ; repas, $3.50	4 50	
Oct. 14, 1868....	Compte à la Prairie-du-Chien, en attendant le fret et pour repas	7 50	
Oct. 15, 1869....	Compte à St. Paul et omnibus	6 50	
Oct. 16, 1869....	Passage en chemin de fer jusqu'à St. Cloud, $8 ; omnibus, 50 cts	8 50	
do do ..	Frais de route jusqu'à Pembina	81 66	
Déc. 18, 1869....	Dépenses à Pembina.................	35 00	
do do ..	Frais de retour à St. Cloud................	84 66	
Déc. 30, 1869....	Dépenses d'Abercrombie à St. Cloud	10 00	
do do ..	Compte à St. Cloud et omnibus	3 50	
Déc. 31, 1869....	Passage par chemin de fer jusqu'à St. Paul	8 00	
Jan. 4, 1870.....	Compte à St. Paul, pour attendre le baggage, par ordre du gouverneur	21 15	
do do ..	Frais de route de St. Paul à Chicago	36 00	
do do ..	Repas et wagon-lit................	5 00	
Jan. 5, 1879.....	Déjeûner à Chicago et omnibus	6 00	
do do ..	Passage par chemin de fer, de Chicago à Toronto.............	31 00	
Jan. 6, 1870.....	Wagon-lit et repas	4 00	
do do ..	Repas et omnibus jusqu'à l'hôtel Rossin, Toronto............	4 50	
do do ..	Frais de route, de Toronto à Ottawa, et wagon-lit............	18 30	
Jan. 7, 1870.....	Repas et voiture à Ottawa......................	2 75	
		$535 75	
	Escompte sur $377 en or, $1.20................	63 00	
	Balance	472 75	$172 75

J'ai examiné le compte ci-dessus, et autant que j'en puis juger, il ne renferme aucune surcharge.

Wm McDOUGALL.

Ottawa, 17 janvier 1870.

(No. 66.)

BUREAU DU SECRÉTAIRE D'ÉTAT POUR LES PROVINCES,
8 février 1870.

MONSIEUR,—J'ai l'honneur de vous prier de vouloir bien payer à ce département, par chèque en faveur de l'honorable Hector L. Langevin, la somme de $24, pour rembourser à M. Langevin cette somme qu'il a avancée pour dépêches par le câble concernant les troubles du Nord-Ouest.

Ce montant devra être porté au compte du crédit ouvert par le gouvernement des territoires du Nord-Ouest, en vertu d'un arrêté du conseil du 18 décembre.

J'ai, etc.,

E. A. MEREDITH,

A l'Auditeur-Général.   Sous-Secrétaire d'État pour les Provinces.

(No. 81.)

BUREAU DU SECRÉTAIRE D'ETAT POUR LES PROVINCES,
OTTAWA, 15 février 1870.

MONSIEUR,—J'ai l'honneur de vous demander qu'un mandat soit émis en faveur de Sa Grandeur l'évêque Taché, au montant de $1,000, pour le mettre en mesure de se rendre au Fort Garry, en mission concernant les territoires du Nord-Ouest.

La somme ci-dessus devra être portée au compte du crédit ouvert par le gouvernement des territoires du Nord-Ouest, en vertu de l'arrêté du conseil, en date du 8 décembre dernier.

J'ai, etc.,

E. A. MEREDITH,
Sous-Secrétaire d'Etat pour les Provinces.

A l'Auditeur-Général.

———

(1,173.)

Rapport d'un comité de l'honorable conseil privé, approuvé par Son Excellence le gouverneur-général en conseil, le 18 février 1870.

Vu la recommandation de l'honorable secrétaire d'état pour les provinces, le comité recommande que l'on autorise le paiement, à Sa Grandeur l'évêque de St. Boniface, de la somme de $1,000, pour couvrir ses frais de route et autres dépenses dans le voyage à la Rivière-Rouge, qu'il a entrepris à la demande du gouvernement —la somme devant être portée au compte du crédit affecté aux territoires du Nord-Ouest.

Pour copie conforme,

W. H. LEE,
Greffier, Conseil Privé.

A l'Honorable Secrétaire d'Etat pour les Provinces, etc.

———

OTTAWA, 11 mars 1870.

CHER MONSIEUR,—J'ai l'honneur de transmettre ci-jointe copie d'une lettre que j'ai écrite à l'honorable Wm. McDougall, le 28 du mois dernier, relativement aux circonstances dans lesquelles j'ai été au Nord-Ouest l'automne dernier.

Peu de temps après ma lettre, M. McDougall tomba malheureusement malade, de sorte qu'au lieu de recevoir une réponse de lui j'ai reçu une note de sa fille, mademoiselle Maria McDougall, m'informant de la maladie de son père, et de l'impossibilité où il était de pouvoir répondre à ma lettre, avant son rétablissement. Me trouvant aujourd'hui à Ottawa, je prends la liberté de vous transmettre copie de cette lettre, tout en demandant respectueusement de prendre en considération l'objet qui l'a motivée.

Je dois vous dire que j'ai payé mes dépenses jusqu'à Abercrombie ; que de cette place j'ai fait le trajet, aller et retour, avec les gens de M. McDougall,—mes bagages furent acheminés par une autre voie de transport,—et que j'ai aussi payé mes frais la plus grande partie du temps que nous avons été à Pembina, et pendant tout le trajet de retour depuis Abercrombie.

Ma lettre vous fera remarquer que je suis sans emploi, et que j'attends pour savoir ce que l'on compte faire de moi.

A vous très-respectueusement,

A. N. RICHARDS.

L'Honorable Joseph Howe,
Secrétaire pour les Provinces, etc., etc.
Ottawa.

BROCKVILLE, 28 février 1870.

CHER MONSIEUR,—A part des deux cents piastres reçues de vous à St. Cloud, je n'ai encore rien touché de mon salaire, ni pour couvrir mes dépenses de mon voyage au Nord-Ouest, aller et retour.

Ces dépenses se sont élevées à près de $500.

Pendant que j'étais à Ottawa, vendredi dernier, j'espérais vous voir à ce sujet, mais on était si occupé du lever et de la réception, que j'ai dû renoncer à tout espoir de réussir sous aucun rapport. Je désire me mettre en rapport avec le gouvernement, mais, avant, je vous aurais de l'obligation si vouliez m'écrire et faire l'exposé des circonstances dans lesquelles je suis parti pour le Nord-Ouest. Au besoin, votre lettre pourrait me servir de pièce justificative.

Vous vous rappelerez que notre premier entretien eut lieu en août, lorsque vous étiez en route pour le lac Supérieur, et que vous avez dit qu'il devait être entendu que ceux qui se rendaient là pour devenir membres du conseil devaient cesser toute communication avec le Canada, afin de s'identifier complètement avec les intérêts du pays, en un mot, qu'on ne voulait pas d'aventuriers qui iraient là seulement pour y faire de l'argent et s'en revenir ensuite. Ma réponse fut que je consentais à émigrer à ces conditions.

Après votre retour, vous m'avez adressé une note d'Ottawa, me demandant si j'étais toujours disposé à quitter le Canada, et je répondis affirmativement. La communication suivante vint de Toronto, où j'allai vous rejoindre à l'hôtel Rossin, et dans notre entretien, vous m'avez dit que je devais avoir la charge de procureur-général ; que comme tel l'on s'attendait que je prêterais les services de ma profession au gouvernement, et que mon traitement devrait être de trois mille piastres. Vous avez aussi dit que je pourrais exercer ma profession, afin que mon revenu ne fût pas borné au chiffre ci-dessus.

Le lendemain ou le surlendemain, je vous rencontrai au même lieu avec Sir John, qui exprima ses vues quant au système de légiférer pour le pays, et sur d'autres sujets. Sir John me dit alors que je ferais bien d'apporter avec moi tous mes livres de droit et décisions judiciaires d'Ontario. Vous savez que j'ai emporté mes livres, qu'ils sont maintenant à Georgetown, et qu'au retour, je vous demandai, à Georgetown, ce que j'allais en faire : si je devais prendre les moyens de les renvoyer au Canada ou les laisser là en attendant un changement de situation, et que vous m'avez conseillé de les laisser.

A mon départ de Brockville, j'ai abandonné la clientèle de la banque de Montréal comme avocat et notaire, je me suis séparé de mon associé, j'ai vendu ma clientèle, à la condition de ne plus revenir exercer ici, et j'ai loué mon bureau, de sorte qu'à mon retour je me suis trouvé complètement sans occupation et incapable de me remettre à l'œuvre ici ou ailleurs quand mes livres étaient sur les bords de la Rivière-Rouge. Je n'ai aucune communication écrite de personne autre que vous sur le sujet ci-dessus, et j'espère que ce n'est pas trop exiger que de vous demander quelques lignes corroborant ces faits.

A vous bien sincèrement,

A. N. RICHARDS.

BUREAU DU SECRÉTAIRE D'ETAT POUR LES PROVINCES,
14 mars 1870.

MONSIEUR, —J'ai l'honneur d'accuser réception de votre lettre du 11 de ce mois, renfermant copie d'une communication à l'adresse de l'honorable M. McDougall.
28 février 1870. laquelle est un exposé des circonstances dans lesquelles vous êtes allé au Nord-Ouest l'automne dernier, et attirant l'attention sur le fait qu'à l'exception de $200, vous n'avez rien reçu, soit sous forme de traitement ou d'indemnité pour frais de route, aller et retour.

Je suis, etc.,

J. H.

A. N. Richards, C. R.

BROCKVILLE, 9 septembre 1870.

MONSIEUR,—Je désire respectueusement attirer votre attention sur la lettre que je vous ai adressée en date du 11 mars dernier, et sur la copie de ma lettre, à l'honorable W. McDougall, qui y était incluse. La copie mentionnée plus haut contient la déclaration que mes livres de droit (sept caisses) sont à Georgetown, Minnesota. Comme ces livres ont été mis en entrepôt, j'ai été requis le ou vers le 2 juillet dernier, par la compagnie de l'express de les faire exporter pour éviter les droits. et aujourd'hui, elle a fait la même démarche dans le même but (voir les lettres incluses du 2 juillet dernier et du 6 de ce mois, à son agent en cette ville.) Il est donc nécessaire pour éviter les droits ou peut-être la saisie des livres, que je les enlève, ou que je renouvelle l'obligation d'entrepôt sans délai, et en cett occurrence je dois avant d'agir savoir du gouvernement si je retourne ou non au Nord-Ouest.

J'ai l'honneur d'être, Monsieur,
Votre obéissant serviteur,

A. N. RICHARDS.

L'Honorable Joseph Howe,
    Secrétaire d'Etat pour les Provinces.

COMPAGNIE DE L'EXPRESS, BUREAU DU SURINTENDANT
MONTRÉAL, 2 juillet 1870.

CHER MONSIEUR,—Notre obligation d'entrepôt donnée à Port Huron l'automne dernier, pour des articles adressés à l'honorable Richards, Rivière-Rouge, n'est pas encore réglée. Je pense que les articles en question sont à Georgetown, et je suppose que M. Richards est dans les environs de Brockville. Ayez la bonté de lui demander ce qu'il faut faire de ses caisses.

Si elles restent là jusqu'à l'ouverture des voies de communications, je suppose qu'on les expédiera, à moins d'un ordre contraire.

Votre,

G. CHENEY

M. Murray, Agent,
    Brockville.

COMPAGNIE DE L'EXPRESS, BUREAU DU SURINTENDANT.
MONTRÉAL, 6 septembre 1870.

CHER MONSIEUR.—Je vous ai écrit, il y a quelque temps, pour vous charger de voir M. Richards et de lui demander ce qu'il entend faire des articles que nous avons entreposés de Port Huron l'automne dernier.

Le terme de l'obligation ayant expiré, a été prolongé et va expirer encore bientôt. Il doit prendre un parti relativement à ces articles, ou acquitter les droits de douane des Etats-Unis.

Veuillez vous occuper de cette affaire au plus tôt et me renseigner à cet égard.

Bien à vous,

G. CHENEY.

M. Murray, Agent,
    Brockville.

BUREAU DU SECRÉTAIRE D'ETAT POUR LES PROVINCES,
12 septembre 1870.

MONSIEUR,—J'ai l'honneur d'accuser réception de votre lettre du 9 de ce mois, relative à votre communication du 11 mars dernier, demandant d'être informé si le gouvernement désire que vous retourniez ou non au Nord-Ouest en votre qualité officielle.

Au retour de Sir J. A. McDonald (qui est attendu dans le cours de cette semaine
au siége du gouvernement, je lui soumettrai votre lettre et vous écrirai de nouveau à ce suje

J'ai, etc.,

J. H.

L'Hon. A. N. Richards C. R.,
  Brockville.

———

Ottawa, 8 mars 1870.

Cher Monsieur,—Je vous inclus copie d'une lettre par moi adressée à l'honorabl
Wm. McDougall, le 28 du mois dernier, à laquelle je n'ai pas reçu de réponse, à cause d
sa maladie, si ce n'est une note de mademoiselle Marie McDougall, accusant réception de n
lettre, et disant que son père y répondrait à son retour à la santé.

Comme ce dont il s'agit dans cette lettre, n'a trait qu'à mes intérêts, je prends la libert
de la soumettre à votre considération.

Bien à vous,

A. N. Richards.

Sir John A. Macdonald,
  Ottawa.

———

Brockville, 31 octobre 1870.

Monsieur,—J'ai l'honneur d'accuser réception de votre lettre du 27 de ce mois, m'in
formant qu'un sous-comité du conseil privé a été formé pour prendre en considération me
réclamations et celles d'autres personnes qui se sont rendues au territoire du Nord-Ouest.

Le 11 mars dernier, j'ai adressé une lettre à l'honorable Jos. Howe, secrétaire d'Eta
pour les provinces, renfermant copie d'une lettre écrite par moi à l'honorable Wm. McDougal
exposant les circonstances dans lesquelles je me suis rendu au Nord-Ouest, (confirmées par M
McDougall dans son rapport au département de la trésorerie au commencement du mois ju
dernier,) et aussi faisant connaître ma position ici qui est toujours la même.

Je comptais sur un salaire de £750, comme la lettre et le rapport le démontrent, e
ayant attendu tout l'été sans avoir été informé si je devais retourner ou non, j'ai écrit à M
Howe, le 27 de ce mois, afin de l'avertir qu'à moins d'un avis contraire de cette date à quin
jours, je me considérerais comme libre de toute engagement envers le gouvernement.

Mon salaire devrait commencer à courir à partir du 1er octobre de l'année dernièr
jusqu'à la quinzaine, à dater du 27 de ce mois, ou jusqu'au moment où je serai prévenu qu
je ne dois pas retourner au Nord-Ouest. J'ai reçu $200 de l'honorable M. McDougall à S
Cloud, et $1,000 du gouvernement le 9 juin dernier, et mes dépenses se sont élevées à $500
il me reste $700 à réclamer pour mon salaire.

Si je ne retourne pas, je m'attends à être indemnisé de mes pertes. Ayant exerc
pendant vingt ans ici comme avocat et procureur, j'ai abandonné ma profession, moyennan
une légère considération pécuniaire, consentant à ne plus exercer ici à l'avenir, et je me vo
maintenant obligé de partir et de chercher une clientelle ailleurs. Il s'écoulera plusieur
année avant que j'en trouve une aussi bonne, si jamais cela arrive. Je puis déclarer qu
pendant plusieurs années ma profession me valait mille louis par année, quoique j'en aie moin
retiré ensuite, à cause de l'état de souffrance momentanée des affaires légales. J'ai abandonn
la charge d'avocat de la banque de Montréal et celle de notaire de cette institution, et comm
cette banque est la seule qui transige des affaires ici, le travail qu'elle donne à un homm
de profession représente une somme assez ronde. Je fais en conséquence observer que deu
années de salaire ne seraient pas trop pour acquitter cette réclamation en sus du salaire pou
l'année dernière.

Je ne puis dire ce qu'il en coûtera pour faire revenir mes livres, mais quant ils sero
arrivés je présenterai à cet égard un mémoire au gouvernement.

MM. Senkler et Senkle.. avocats de cette ville, avec lesquels ma profession m'a mis en rapport pendant quinze ans, peuvent attester de la vérité de ce que j'ai dit à l'égard de mon revenu, si on le désire.

J'ai l'honneur d'être, Monsieur,
Votre obéissant serviteur,

À l'honorable S. L. Tilley, C. B.,   A. N. RICHARDS.
Ministre des Douanes et du Revenu de l'Intérieur.

BROCKVILLE, 28 février 1870.

CHER MONSIEUR,—A part des deux cents piastres reçues de vous à St. Cloud, je n'ai encore rien touché de mon salaire, ni pour couvrir mes dépenses de mon voyage au Nord-Ouest, aller et retour.

Ces dépenses se sont élevées à près de $500.

Pendant que j'étais à Ottawa, vendredi dernier, j'espérais vous voir à ce sujet, mais on était si occupé du lever et de la réception que j'ai dû renoncer à tout espoir de réussir sous aucun rapport. Je désire me mettre en rapport avec le gouvernement, mais, avant, je vous aurais de l'obligation si vouliez m'écrire et faire l'exposé des circonstances dans lesquelles je suis parti pour le Nord-Ouest. Au besoin, votre lettre pourrait me servir de pièce justificative.

Vous vous rappelerez que notre premier entretien eut lieu en août, lorsque vous étiez en route pour le lac Supérieur, et que vous avez dit qu'il devait être entendu que ceux qui se rendaient là pour devenir membres du conseil devaient cesser toute communication avec le Canada, afin de s'identifier complètement avec les intérêts du pays, en un mot, qu'on ne voulait pas d'aventuriers qui iraient là seulement pour y faire de l'argent et s'en revenir ensuite. Ma réponse fut que je consentais à émigrer à ces conditions.

Après votre retour, vous m'avez adressé une note d'Ottawa, me demandant si j'étais toujours disposé à quitter le Canada, et je répondis affirmativement. La communication suivante vint de Toronto, où j'allai vous rejoindre à l'hôtel Rossin, et dans notre entretien, vous m'avez dit que je devais avoir la charge de procureur-général ; que comme tel l'on s'attendait que je prêterais les services de ma profession au gouvernement, et que mon traitement devrait être de trois mille piastres. Vous avez aussi dit que je pourrais exercer ma profession, afin que mon revenu ne fût pas borné au chiffre ci-dessus.

Le lendemain ou le surlendemain, je vous rencontrai au même lieu avec Sir John, qui exprima ses vues quant au système de légiférer pour le pays, et sur d'autres sujets. Sir John me dit alors que je ferais bien d'apporter avec moi, tous mes livres de droit et décisions judiciaires d'Ontario. Vous savez que j'ai emporté mes livres, qu'ils sont maintenant à Georgetown, et qu'au retour, je vous demandai, à Georgetown, ce que j'allais en faire : si je devais prendre les moyens de les renvoyer au Canada ou les laisser là en attendant un changement de situation, et que vous m'avez conseillé de les laisser.

A mon départ de Brockville, j'ai abandonné la clientèle de la banque de Montréal comme avocat et notaire, je me suis séparé de mon associé, j'ai vendu ma clientèle, à la condition de ne plus revenir exercer ici, et j'ai loué mon bureau, de sorte qu'à mon retour je me suis trouvé complètement sans occupation et incapable de me remettre à l'œuvre ici ou ailleurs quand mes livres étaient sur les bords de la Rivière-Rouge. Je n'ai aucune communication écrite de personne autre que vous sur le sujet ci-dessus, et j'espère que ce n'est pas trop exiger que de vous demander quelques lignes corroborant ces faits.

A vous bien sincèrement,

A. N. RICHARDS.

A l'hon. Wm. McDougall, C. B., Ottawa.

BROCKVILLE, 11 octobre 1870.

MONSIEUR,—Le 1er de ce mois, je vous ai adressé par la malle une lettre, dont j'inclus copie, notée No. 1, laquelle contenait une lettre de MM. Hill, Gregg et Cie., de St. Paul, Minn., à mon adresse et dont j'inclus aussi copie, notée No. 2.

15

Le 3 de ce mois, je me rendis à votre département à Ottawa, et j'appris que la lettre ci-dessus mentionnée n'y avait pas été reçue. N'ayant pas eu d'accusé de réception de cette lettre, je crains qu'elle ne soit égarée. Je prends donc la liberté de vous envoyer copie de cette même lettre, avec son contenu. Lors de mon séjour à Toronto la semaine dernière, j'ai adressé à MM. Hill, Gregg et Cie., une lettre dont j'inclus copie, notée No. 3.

Je suis, Monsieur,

Votre obéissant serviteur,

A. N. RICHARDS.

A l'hon. Jos. Howe,
    Secrétaire d'Etat pour les Provinces.

(No. 1.)

BROCKVILLE, 1er octobre 1870.

MONSIEUR,—Je désire attirer de nouveau votre attention sur la question mentionnée dans la lettre que je vous ai adressée le 9 du mois dernier. Hier soir, j'ai reçu une lettre (ci-incluse) de MM. Hill, Gregg et Cie., de St. Paul, Minn., m'informant que l'obligation d'entrepôt qu'ils ont donnée afin de faire passer mes livres sur le territoire américain jusqu'au Fort Garry, ne pouvait pas être renouvelée, et que mes livres doivent être expédiés ou qu'il faut acquitter les droits. Comme cette affaire est d'une grande importance pour moi, je prends la liberté de vous demander une réponse à la question posée dans ma lettre mentionnée plus haut, assez à temps pour me permettre d'éviter les droits qui formeraient une jolie somme, la valeur des articles s'élevant à plus de cinq cents louis, sinon à plus.

J'ai l'honneur d'être, Monsieur,

Votre obéissant serviteur,

A. N. RICHARDS.

A l'hon. Jos. Howe,
    Sécretaire d'Etat pour les Provinces.

(No. 2.)

ST. PAUL, MINN., 22 septembre 1870.

CHER MONSIEUR,—Nous accusons réception de votre lettre du 12 de ce mois ; l'obligation d'entrepôt a été prolongée de temps à autre, mais nous avons été prévenus que l'on n'accordera plus de délai. Il va falloir payer les droits ou expédier les caisses à la Rivière Rouge, et nous pensons que dans ce dernier cas les dépenses seront moindres. Nous serions heureux de vous voir encore dans nos parages vu que toutes les difficultés ont été réglées à l'amiable.

Vos serviteurs,

HILL, GREGG ET CIE.

A. N. Richards, écr., Brockville, Ontario.

(No. 3.)

TORONTO, 6 octobre 1870.

MESSIEURS,—J'ai reçu votre lettre du 22 de ce mois, m'informant que l'obligation d'entrepôt que vous avez contractée pour faire passer mes livres sur le territoire américain, de Port Huron à Pembina, ne peut pas être renouvelée. Le gouvernement ne m'a pas encore informé si je devais ou non retourner là bas, et je ne puis dire si je dois faire expédier mes livres ou les faire revenir. Mon frère qui connait bien votre consul à Montréal, lui a écrit, pour lui demander un nouveau délai de trois mois, car alors je saurai ce que je dois faire. Si cette démarche auprès du consul échoue, je suppose qu'il vaudrait mieux envoyer les sept caisses au Fort Garry, vu que je ne veux pas payer de droits sur ces livres, et dans le cas où je n'y retournerai pas, on pourra les faire revenir. Je désire donc qu'on les retienne à Georgetown, autant que cela pourra se faire en toute sûreté, mais s'il faut les expédier, veuillez les remettre à des hommes de confiance qui les transporteront. Je suppose que s frais à partir de Georgetown ne seront pas considérables. Je ne connais personne au Fort Garry à qui je pourrais les consigner si ce n'est à M. Smith, gouverneur de la compagnie.

Il n'aurait probablement pas d'objection à charger quelques garde-magasins de la compagnie de les emmagasiner en lieu sûr pendant quelque temps, jusqu'à ce que je sache ce que je dois faire. Ayez la bonté de me dire jusqu'à quelle époque ils peuvent rester aux Etats-Unis, suivant les termes de l'obligation d'entrepôt. J'écris cette lettre de Toronto, mais vous pouvez vous mettre en communication avec moi à Brockville.

Votre, etc.,

A. N. RICHARDS.

MM. Hill, Gregg et Cie.,
St. Paul, Minn., E.-U.

DÉPARTEMENT DU SECRÉTAIRE D'ETAT POUR LES PROVINCES,
13 octobre 1870.

MONSIEUR,—J'ai eu l'honneur de recevoir ce matin votre lettre du 11 de ce mois, renfermant copie d'une lettre adressée par vous à ce département, mais non-reçue ici, avec copie d'une lettre à vous adressée par MM. Hill, Gregg et Cie., de St. Paul, Minnesota, et copie de votre réponse à cette lettre.

1er oct. 1870.
22 sept. 1870.
6 oct. 1870.

Toute la correspondance mentionnée sera soumise bientôt à son excellence le gouverneur-général en conseil, avec votre lettre précédente du 9 du mois dernier.

E. A. MEREDITH.

A l'Honorable
A. N. Richards, C. R., Brockville.

BROCKVILLE, 27 octobre 1870.

MONSIEUR,—Je soumets à votre considération le fait que je n'ai encore reçu que $700 sur mon salaire, comme l'un des membres du gouvernement projeté du territoire du Nord-Ouest, aux termes de l'acte du parlement de la Puissance du Canada, 32 et 33 Vict., chap. 3. J'ai été porté à croire que mon salaire serait de £750 par année, (voir le rapport de l'honorable W. McDougall du mois de juin dernier, au bureau de la trésorerie), et le premier de ce mois, une année était écoulée. Aux 3,000 piastres pourraient être ajoutées $500 pour les dépenses, et, du total, il faudrait déduire $200 reçues de M. McDougall à St. Cloud, Minnesota,—et $1,000 reçues du gouvernement le 9 juin dernier, laissant une balance de $2,300 qui me sont dues. Ma lettre du 11 mars fait connaître ma position, et comme je n'ai pas reçu d'avis que mes services n'étaient plus requis à l'avenir, je n'ai pas commencé à exercer ma profession de nouveau ; mais comme je pense que je ne dois pas rester oisif plus longtemps et que la paix est rétablie dans le Nord-Ouest, et que le gouvernement est, je présume, à même de décider si je dois ou non y retourner, je prends la liberté de vous informer que, sauf avis contraire d'ici à quinze jours de cette date, je me considérerai comme libre de tout engagement vis-à-vis le gouvernement, et que j'essaierai de faire revenir ma bibliothèque de la Rivière-Rouge, et de m'établir en dehors de ces comtés, vu que j'en suis virtuellement chassé, comme je l'ai expliqué dans ma lettre ci-dessus mentionnée.

Dans le cas où mes services ne seraient plus requis, je m'attends à être indemnisé de mes pertes.

Je suis, Monsieur,
Votre obéissant serviteur,

A. N. RICHARDS,

L'Hon. M. Joseph Howe,
Secrétaire d'Etat pour les Provinces, Ottawa.

DÉPARTEMENT DU SECRÉTAIRE D'ÉTAT POUR LES PROVINCES,
29 octobre 1870.

MONSIEUR,—J'ai l'honneur d'accuser réception de votre lettre du 27 de ce mois ; je l'ai soumise à un sous-comité du conseil privé, chargé d'examiner les réclamations des personnes qui ont accompagné M. McDougall au Nord-Ouest. J'espère qu'il ne tardera pas à faire son rapport.

JOSEPH HOWE.

L'Hon. A. N. Richards, C. R.
Brockville.

Rapport d'un comité de l'honorable conseil privé, approuvé par Son Excellence le gouverneur-général, le 25 mars 1870.

Vu la recommandation de l'honorable ministre de la justice, le comité conseille l'émission d'un mandat dont il devra être rendu compte, en faveur du capitaine Donald Roderick Cameron, pour la somme de quinze cents piastres, devant être portée au compte du fonds pour la ré-organisation des affaires dans le territoire du Nord-Ouest.

W. H. LEE,
Greffier du Conseil Privé.

A l'Honorable
Secrétaire d'Etat pour les Provinces, etc., etc., etc.

Rapport d'un comité de l'honorable conseil privé, approuvé par le gouverneur-général en conseil, le 6 avril 1870.

Vu le rapport, en date du 5 avril 1870, du directeur des magasins militaires et la recommandation de l'honorable ministre de la milice et de la défense, le comité est d'avis qu'une somme de $57,207 soit placée au crédit de ce département, afin de le mettre en état de solder les dettes encourues pour fournir des approvisionnements à l'expédition du Nord-Ouest, comme il est déclaré dans ce rapport,—ce montant devant être porté au crédit " pour ouvrir une voie de communication avec le Nord-Ouest, établir le gouvernement et pourvoir à l'établissement du pays."

W. H. LEE,
Greffier du Conseil Privé.

A l'Honorable
Secrétaire d'Etat pour les Provinces, etc., etc., etc.

DIVISION DES MAGASINS,
OTTAWA, 5 avril 1870.

MONSIEUR,—Conformément aux instructions données dans une lettre en date du 21 du mois dernier, renfermant copie d'un ordre en conseil relatif à l'approvisionnement de l'expédition du Nord-Ouest, à un coût évalué à $75,410, j'ai maintenant l'honneur d'attirer votre attention sur les contrats passés pour le lard, la farine, le foin et l'avoine, au montant probable de $57,207. On est à livrer ces articles et comme il est indispensable qu'ils soient payés promptement, dès qu'ils sont reçus, j'ai maintenant l'honneur de demander qu'une somme égale à ce montant soit placée au crédit du département de la milice et de la défense, pour faire face aux demandes qui vont probablement se produire dans les dix ou quinze jours prochains.

J'ai, etc.,

THOS. WILY, Lieut.-Col.
Directeur des Magasins.

A l'Honorable
Ministre de la Milice et de la Défense.
Ottawa.

Rapport d'un comité de l'honorable conseil privé, approuvé par le gouverneur-général en conseil, le 12 avril 1870.

Vu la recommandation, en date du 9 avril 1870, de l'honorable ministre des travaux publics, le comité conseille qu'il soit autorisé à dépenser une nouvelle somme de sept mille piastres ($7,000) pour l'acquisition et le transport de 35 embarcations pour le service du gouvernement sur la route entre le lac Supérieur et les établissements de la Rivière-Rouge.

W. H. LEE,
Greffier du Conseil Privé.

A l'Honorable
Secrétaire d'Etat pour les Provinces.

Rapport d'un comité de l'honorable conseil privé, approuvé par le gouverneur en conseil, le 22 avril 1870.

Vu un mémoire, en date du 20 avril 1870, de l'honorable ministre des travaux publics, déclarant que comme expédient temporaire il est nécessaire de placer un chaland à la tête des rapides du Sault Ste. Marie, sur la ligne de communication avec la Rivière-Rouge, pour servir le quai que l'on ne construirait qu'à grands frais et avec perte considérable de temps.

Qu'il est aussi essentiel de construire à la baie du Tonnerre et au lac Shebandowan des huttes, hangars, écuries, etc., provisoires pour emmagasiner les provisions et abriter 160 chevaux.

Que le coût du chaland et les frais d'entretien pour un temps limité, sont évalués à $700 et que l'érection des huttes et des étables entraînera une dépense de $4,100. Le ministre recommande en conséquence qu'un crédit de $5,000 soit affecté à ces fins.

Le comité soumet cette recommandation à l'approbation de Votre Excellence.

W. H. LEE.
Greffier du Conseil Privé.

A l'honorable Secrétaire d'Etat pour les Provinces, etc.

OTTAWA 22 avril 1870.

MONSIEUR,—Conformément aux instructions de l'honorable M. McDougall, quand il quitta Pembina, en décembre dernier, je suis resté en cet endroit aussi longtemps que j'ai cru qu'il serait important pour le conseil privé de recevoir de moi des renseignements qu'il lui aurait peut-être été difficile d'avoir d'autres sources concernant les événements récemment survenus dans l'établissement de la Rivière-Rouge.

Après le désir formulé expressément par les insurgés de négocier avec le gouvernement canadien, et l'envoi de délégués venus ici pour faire connaître leur opinion et protéger leurs intérêts, j'ai pensé que ma présence à Pembina était inutile, et je suis revenu à Ottawa pour attendre de nouvelles instructions que vous pourriez me donner.

Lors de mon départ d'Ottawa en octobre dernier, je reçus de votre département deux cents piastres ($200) et une autre somme de cinq cents piastres ($500) a été placée à mon crédit à la Banque du Peuple, à Montréal, en janvier dernier, et j'ai reçu de l'hon. M. McDougall l'argent nécessaire pour subvenir à mes dépenses depuis son départ et pour mon retour.

Mes dépenses nécessairement occasionnées par mon voyage jusqu'à l'époque du départ de l'hon. M. McDougall de Pembina, et ce qui reste à payer pour faire revenir mes livres et autres articles laissés là-bas, se montent à quinze cents piastres, laissant une balance

de huit cents piastres en ma faveur, à part mon salaire depuis octobre dernier, et dont le chiffre
est à la discrétion du gouvernement.

J'ai l'honneur d'être, Monsieur,
Votre très-obéissant serviteur

J. A. N. PROVENCHER.

A l'Honorable M. Howe,
Secrétaire d'Etat pour les Provinces, etc.

(No. 210.)

DÉPARTEMENT DU SECRÉTAIRE D'ETAT POUR LES PROVINCES,
OTTAWA, 27 AVRIL 1870.

MONSIEUR,—J'ai l'honneur d'accuser réception de votre lettre du 22 de ce mois, faisant
connaître votre retour de Pembina à Ottawa, donnant aussi un état des dépenses occasionnées
par votre voyage à et de Pembina, et soumettant une réclamation de $800 à compte de ces
dépenses, à part le salaire que le gouvernement jugera à propos de vous donner.

J'ai l'honneur d'être, Monsieur,
Votre obéissant serviteur,

JOSEPH HOWE,
Secrétaire d'Etat.

J. A. N. Provencher, écr.
Ottawa.

L'honorable M. McDougall à l'Auditeur.

TORONTO, 4 juin 1870.

MONSIEUR,—J'ai l'honneur d'accuser réception de votre lettre du 1er juin, renfermant des
lettres de M. A. N. Richards et de M. J. A. N. Provencher, au sujet de leurs réclamations contre
le gouvernement pour leurs salaires et dépenses résultant de services rendus en rapport avec la
tentative d'organiser le gouvernement dans le territoire du Nord-Ouest, d'après l'acte de 1869.
Vous m'informez que vous avez été chargé par le président du bureau de la trésorerie de m'envoyer pour " en faire l'examen et rapport" les réclamations de ces messieurs.

Je désire faire observer que comme ils n'ont pas soumis d'états faisant connaître en détail
leurs dépenses et les pertes qu'ils ont faites dans le service public, il m'est impossible de les
" examiner" ou d'en faire rapport, pour l'information du bureau, excepté en termes très-géné-
raux.

La nature de leur emploi, et les circonstances dans lesquelles ces messieurs ont été choisis
pour le remplir, sont aussi bien connues du bureau de la trésorerie que de moi-même. La
cause de leur retour au Canada, il m'est inutile de la faire connaître au bureau, et leur position
actuelle, leurs rapports avec le gouvernement, aussi bien que leur espoir d'être employés à
l'avenir, sont des questions sur lesquelles je ne puis donner aucune information.

A l'égard de la déclaration de M. Richards contenue dans la lettre qu'il m'a adressée le
28 février (et dont vous m'avez transmis copie), à l'égard des conversations qui ont eu lieu entre
nous avant son départ du Canada et aussi avec le premier ministre, Sir John A. Macdonald
je désire dire, qu'en substance, elle est exacte. Il est de mon devoir de faire remarquer,
cependant, que lorsque je parlai du salaire de M. Richards, comme procureur-général du nouveau gouvernement, je ne fis qu'exprimer mon opinion personnelle. M. Richards comprit que
je n'avais pas d'autorité à cette époque pour engager la responsabilité du gouvernement du
Canada. Il avait droit de croire, sans doute, que je ferais des efforts, comme gouverneur, pour
lui assurer le salaire de $3,000 par année, que, comme je l'ai dit, il " devrait" recevoir. J'ai été

autorisé par le premier ministre à me mettre en communication avec M. Richards, et il fut compris par tous que sa nomination serait confirmée dès que ma commission viendrait en force.

J'ai payé un montant de $260, en argent américain, à M. Richards à St. Cloud, à compte de ses dépenses. Il me rejoignit au Fort Abercrombie et voyagea avec moi jusqu'à Pembina, aller et retour. Il a vécu une partie du temps à Pembina dans des logements, et s'il n'a dépensé que $500 en sus de la somme que je lui ai avancée, il doit avoir pratiqué la plus grande économie.

Relativement à la question de salaire, et à la réclamation que M. Richards suggère à la considération du gouvernement, à cause de la perte de sa clientèle à la suite de son acceptation d'un emploi dans le territoire du Nord-Ouest, je déclare respectueusement que je ne suis pas à même de rendre service au bureau de la trésorerie, même en exprimant simplement mon opinion. Ce sont des questions, il me semble, que le gouvernement seul est apte à juger, à sa discrétion, et en tenant compte des circonstances qui ont accompagné ce service malheureux et exceptionnel.

Que M. Richards ait subi des pertes et dommages considérables dans ses affaires, je le crois; qu'il ait rempli avec zèle et habilement les devoirs requis de lui, et que sa vie ait été en danger pendant plusieurs semaines, je puis l'attester; que nous n'ayons pas réussi à établir l'autorité du gouvernement canadien dans la Terre de Rupert, est un fait qui peut ou ne peut pas nous être imputé, mais quelque soit celui qui mérite le blâme, je suis certain, pour ma part, que M. Richards ne peut en aucune manière être tenu responsable de cet échec.

La position de M. Provencher est si différente de celle de M. Richards, que je ne puis rien dire des circonstances dans lesquelles on l'a engagé à quitter le Canada. Je n'ai pas été en communication avec lui avant qu'il m'eut rejoint au Fort Abercrombie. Sir George Cartier ou M. Langevin peut probablement renseigner le bureau quant aux promesses ou aux arrangements faits à son égard.

Ayant compris qu'il désirait être nommé au poste de secrétaire, sous le nouveau gouvernement, je le reçus en cette qualité et pourvus à ses dépenses comme il est dit dans sa lettre.

Le montant réclamé par M. Provencher pour ses dépenses (voyant qu'il admet que j'ai payé ses dépenses à Pembina, depuis la date de son départ jusqu'à son arrivée à Ottawa), me paraît relativement beaucoup plus considérable que celui réclamé par M. Richards, et je suggère en conséquence qu'on lui demande de soumettre un état de compte dans la forme ordinaire, donnant crédit d'un côté pour tout argent reçu, et de l'autre, les détails ou items des dépenses. Il reconnaît avoir reçu $700 du gouvernement, et il a reçu de moi en argent $550, outre le produit de quelques effets du gouvernement qu'il a vendus à Pembina. M. Provencher est resté à Pembina, avec mon approbation, pour surveiller le cours des évènements et donner tous les secours en son pouvoir aux Canadiens qui pourraient échapper au "massacre" dont le Père Richot les menaçait. (Voir la lettre de ce monsieur à la page 91 de "la corres-"pondence et des documents" du Nord-Ouest.) J'ai raison de croire que M. Provencher a rendu de grands services en portant secours à ses infortunés loyalistes, et il doit avoir dépensé de l'argent en s'acquittant de sa mission, mais jusqu'à ce que son compte soit produit avec plus de détails que n'en donne sa lettre, il ne sera pas possible de faire un rapport plus complet.

J'ajouterai, en terminant, que j'ai été bien satisfait du zèle et du courage de M. Provencher dans toutes les difficultés que nous avons rencontrées en essayant de nous rendre au Fort Garry.

J'ai l'honneur d'être, Monsieur,
Votre obéissant serviteur,

W. McDOUGALL.

John Langton, Ecuyer, Auditeur, etc.

OTTAWA, 21 juin 1870.

MONSIEUR,—En réponse à votre lettre du 9 de ce mois, j'ai l'honneur de vous adresser, pour l'information du bureau de la trésorerie, un état de compte, faisant voir, autant que possible et en détail, les sommes reçues et dépensées par moi au service du Canada.

La maison où j'ai logé à Pembina, du 18 décembre 1869 au 23 mars, a servi, naturellement, de pied à terre à tous les Canadiens venant de l'établissement de la Rivière-Rouge, et à un grand nombre d'entre eux, j'ai été obligé de donner des provisions. C'est ce qui explique le montant relativement considérable de l'item de mes dépenses pendant cette période.

Mais la nature même de ces dépenses et la manière dont l'argent a été dépensé ne permettent pas de produire de pièces justificatives ou même de donner des détails complets.

Sous le titre de dépenses générales encourues pour l'expédition, je comprends les préparatifs de voyage et cette partie des arrangements nécessaires pour vivre dans le Nord-Ouest, ce qui constitue une perte sèche pour moi.

J'ai l'honneur d'être, Monsieur,
Votre obéissant serviteur,

J. A. N. PROVENCHER.

J. A. N. Provencher, en compte avec le Canada.

				$ cts.
11 octobre 1869.—Reçu du département du secrétaire d'Etat pour les provinces				200 00
— janvier 1870.—Placé à la Banque du Peuple				500 00
16 déc. 1869.—Deux traites de $100 chacune de l'honorable M. McDougall		$200 00		
7 février 1870.—Traite sur l'honorable M. McDougall, payée à St. Paul		200 00		
23 mars	do	—Mobilier vendu	73 00	
do	do	—Un cheval vendu	45 00	
do	do	—Vendu une voiture	25 00	
28 mars	do	—Argent reçu du colonel de Salaberry	100 00	
12 avril	do	—Argent sur ordre de M. McDougall, à St. Paul	342 10	
		Argent des Etats-Unis	985 10	
				738 58
21 mai	do	—Deux chevaux vendus, argent des Etats-Unis	182 42	
				159 31
3 janvier	do	—Traite sur l'honorable M. McDougall payée par l'honorable M. Tupper	£32 0 0	
15 do	do	—Traite sur le colonel de Salaberry	13 0 0	
		Argent pour deux voitures	20 0 0	
			£65 0 0	
				325 00
				$1,922 89

Cr.		$ cts.
Dépenses de Montréal à Pembina		200 00
Dépenses de Pembina à St. Norbert et retour		30 00
Séjour à Pembina du 4 novembre au 16 décembre		70 00
Frais de transport de livres, etc., par l'express, une partie appartenant au gouvernement		110 00
Pour en faire revenir une partie		90 00
Diverses dépenses encourues pour l'expédition		1,000 00

		$ cts.
Payé aux serviteurs à Pembina, du 16 décembre au 12 avril..		85 00
Droits de douane..		40 00
Payé à trois Canadiens pour les aider dans leur voyage..	$30 00	
Dépenses de voyage de Pembina à Ottawa, avec un domestique	550 00	
Argent des Etats-Unis................	$ 580 00	
		435 00
Autres dépenses à Pembina		503 58
		$ 2,563 58
		1,922 89
		$ 640 69

OTTAWA, 22 juin 1870.

MONSIEUR,—Relativement à l'état de compte que j'ai eu l'honneur de vous envoyer hier, je désire ajouter la somme de quatre cents piastres ($400) que j'ai reçue le 4 de ce mois du département du receveur-général.

J'ai l'honneur d'être, Monsieur,
Votre très-humble serviteur,

J. A. N. PROVENCHER.

NICOLET, PROVINCE DE QUÉBEC,
22 octobre 1870.

MON CHER BEGG.—M. McDougall me télégraphie qu'il vient de vous envoyer ou qu'il m'a adressé à vos soins, cette fameuse traite de Larose. Veuillez donc avoir la bonté de la faire payer par le gouvernement. Vous pouvez croire que cette somme sera tout aussi bien dans mon portefeuille que dans la caisse du gouvernement.

Votre,

PROVENCHER.

(Mémoire.)

Avec la présente vous recevrez la traite y mentionnée. La lettre de M. Provencher fera voir ce qu'il veut. Je crois que ce montant n'est pas compris dans l'état de M. McDougall.

A. BEGG.

E. A. MEREDITH,
Sous Secrétaire d'Etat.

(£12 3s. 6d.)

PEMBINA, 3 décembre 1869.

Payez à l'ordre de Frank Larose, la somme de douze louis, trois chelins et six deniers, et portez la au compte des dépenses contingentes.

WM. McDOUGALL.

A D. A. Grant, ou au
Colonel Dennis, Fort Garry.

En Comité.

12 mai 1870.

Vu la recommandation de l'honorable secrétaire d'Etat pour les provinces, le comité recommande qu'un mandat dont il devra être rendu compte pour la somme de quatre cents ($400) piastres soit émis en faveur du lieutenant-colonel Charles de Salaberry, pour ses services en rapport avec les troubles à l'établissement de la Rivière-Rouge.

W. H. LEE,
Greffier du Conseil Privé

Au Secrétaire d'Etat pour les Provinces.

HAMILTON, 20 mai 1870.

CHER MONSIEUR,—Relativement à la lettre de notre M. James Turner, en date du 2 avril, nous avons reçu aujourd'hui une lettre du Dr. Lynch (copie incluse) à l'égard de la réclamation de MM. Bannatyne et Begg, laquelle vous fera voir que le ministre des finances a autorisé le paiement de ces réclamations. Veuillez nous dire si nous devons présenter cette traite à la banque de Montréal comme d'habitude, et si les papiers qui vous ont été envoyés le 28 du mois dernier, sont maintenant entre les mains du ministre des finances, rendant ainsi inutile de les annexer à notre traite; s'il est trop tôt pour tirer, dites-le, et nous retarderons.

Notre M. James Turner n'est pas chez lui en ce moment, mais nous l'attendons la semaine prochaine, et alors il écrira probablement.

Nous sommes respectueusement,

JAMES TURNER ET CIE.

L'honorable Jos. Howe,
  Ottawa

OTTAWA, 18 mai 1870.

CHER MONSIEUR,—Je n'ai eu qu'aujourd'hui l'assurance du ministre des finances que les réclamations de MM. Bannatyne et Begg, composées principalement d'ordres signés par moi-même, seraient payées; je suis heureux de dire que tout a enfin été réglé, et j'ai été autorisé à vous faire parvenir cette information. Je quitterai Ottawa samedi pour Montréal, et si pendant ce temps, je puis vous être encore utile en cette affaire, je serai heureux de vous servir.

Veuillez faire connaître ce résultat à MM. Bannatyne et Begg.

Je demeure respectueusement, votre,

JAMES LYNCH.

A M. Turner.

(No. 264.)

DÉPARTEMENT DU SECRÉTAIRE D'ETAT POUR LES PROVINCES,
OTTAWA, 21 mai 1870.

MESSIEURS,—J'ai reçu ce matin votre lettre du 20 de ce mois, renfermant copie d'une lettre à vous adressée par le Dr. Lynch, et je dois dire en réponse à la demande au sujet des comptes transmis avec la lettre de M. Turner le 28 avril dernier, que l'on m'apprend que le ministre des finances (au département duquel les documents ont été envoyés comme vous le savez) a pris les comptes en question en considération, mais qu'il s'écoulera probablement plusieurs jours avant qu'il puisse obtenir les renseignements nécessaires pour le mettre en état de les régler.

No. 255.
Ottawa, 18 mai.

24

Je dois aussi vous informer, qu'aussitôt que les comptes auront été acceptés, vous serez officiellement averti du fait par le département des finances, et de la manière dont l'argent sera payé.

J'ai l'honneur d'être, Messieurs,
Votre obéissant serviteur,

JOSEPH HOWE,
Secrétaire d'Etat.

MM. James Turner et Cie.,
Hamilton.

———

Le ministre des colonies au gouverneur-général.

Canada.—No. 129.)

DOWNING STREET,
26 mai 1870.

MONSIEUR,—J'ai l'honneur de vous transmettre, pour votre information et celle de votre gouvernement, les copies incluses de la correspondance échangée entre la compagnie de la Baie d'Hudson et ce département, au sujet de l'envoi d'effets à l'établissement de la Rivière-Rouge et de l'indemnité que réclamera la compagnie en cas de la perte de ces articles, pouvant résulter des troubles dans l'établissement.

Cie. B. H., 13 mai 1870.
U. C. à la Cie., 17 mai.
Cie. B. H., 20.
U. C. à Cie., 26 mai.

J'ai, etc.,

GRANVILLE.

Au gouverneur-général le très-honorable Sir John Young, Baronnet,
G. C. B., etc., etc.

———

Sir C. Lampton à Sir F. Rogers.

HOTEL DE LA BAIE D'HUDSON,
Londres, 13 mai 1870.

MONSIEUR,—Je suis chargé par le comité de cette compagnie de communiquer au gouvernement de Sa Majesté une dépêche qui vient d'être reçue de M. McTavish, datée du Fort Garry, le 6 avril, vu que le comité croit qu'il est de la plus haute importance que le gouvernement de Sa Majesté connaisse les conséquences qui résultent de la ligne de conduite suivie par le gouvernement canadien et qui seule a provoqué la formation du soi-disant *gouvernement provisoire.*

Le comité s'abstient, pour le moment, d'examiner la question générale de la ligne de conduite suivie par le gouvernement canadien, ou la question de savoir qui doit être tenu responsable des pertes et des dommages qu'elle aura produits, mais il désire attirer l'attention du gouvernement de Sa Majesté sur une affaire très-urgente, et dont la solution peut entraîner la conservation ou la destruction d'une grande partie de la population.

Le gouvernement de Sa Majesté sait probablement que jusqu'au moment actuel les habitants de la Terre de Rupert aussi bien que la population sauvage, comptaient principalement sur les provisions envoyées par la compagnie de la Baie d'Hudson pour leur entretien et subsistance.

On verra par le rapport de M. McTavish que l'on a déjà fortement entamé les approvisionnements qui restaient dans les magasins de la compagnie, et l'on verra de plus que M. McTavish exprime fortement ses doutes sur l'opportunité, de la part de la compagnie, d'envoyer de nouveaux approvisionnements, dans l'état de choses actuel sur le territoire.

Si la compagnie se conduisait d'après ce conseil, il est presque certain que la population sauvage se verrait privés des moyens d'obtenir sa nourriture, et le reste de la population serait ou dans la même position, ou au moins exposée à de grandes pertes et privations et contrainte de se procurer les moyens de subsistance, soit des Etats-Unis ou du Canada.

Le temps où la compagnie devrait envoyer des approvisionnements approche et comme c'est une question d'intérêt public, le comité desire savoir si le gouvernement de Sa Majesté va s'engager vis-à-vis cette compagnie à l'indemniser des pertes et dommages qu'elle pourra subir par les faits que ses approvisionnements à leur arrivée aux postes de la compagnie pourraient être enlevés par les agents du gouvernement provisoire, ou par la population mécontente. Comme il est nécessaire que le comité prenne, sans délai, une décision sur cette affaire, il sera heureux de recevoir, dès que cela sera possible, une communication à ce sujet du gouvernement de Sa Majesté.

Je dois mentionner ici que la valeur des approvisionnements envoyés à cette époque de l'année s'élève à £80,000.

C. M. LAMPTON,
Vice-Président.

Sir. F. Rogers, Bart., Ministère des Colonies.

Extrait d'une lettre du gouverneur McTavish à W. G. Smith, secrétaire de la compagnie de la Baie d'Hudson, en date de Fort Garry, Rivière-Rouge, le 6 avril 1870.

" Je désire vous envoyer pour votre information l'aperçu général suivant des événements qui se sont produits ici depuis que je vous ai écrit le 12 février dernier.

" Je disais alors que dans la soirée du 10 février on avait formé un gouvernement provisoire dont M. Louis Riel fut reconnu président par le congrès de représentants des différentes parties de l'établissement.

" Dans l'avant-midi du 14 février, on apprit au Fort Garry qu'une bande de Canadiens et autres du Portage LaPrairie étaient arrivés à Headingly, en route pour cette place, dans le but avoué de libérer les prisonniers, et de renverser le parti français.

" Pendant ce mouvement, une levée générale de boucliers se produisaient dans les paroisses St. André et St. Clément, d'où plusieurs centaines d'hommes vinrent à la Plaine de la Grenouille, où ils furent rejoints par plus de cent hommes du Portage.

" Headingly est à environ 12 milles de Fort Garry, situé sur l'Assiniboine ; la Plaine de la Grenouille est à environ 5 milles du Fort Garry situé sur la Rivière-Rouge. Afin d'opérer leur jonction avec les gens des établissements inférieurs, ceux du Portage passèrent en vue du Fort dans la nuit du 14. La lune brillait et ils étaient attendus par les Français qui occupaient les murs et les bastions et qui tirèrent plusieurs coups apparemment comme salut. Les gens du Portage, en passant à travers le village de Winnipig, entourèrent une maison dans laquelle Riel passait quelquefois la nuit et y firent des perquisitions sans le trouver.

" Les gens de l'établissement inférieur étaient conduits par le Dr. Shultz et à leur arrivée à la Plaine de la Grenouille, ils logèrent dans l'église écossaise de cet endroit. Ils envoyèrent un messager au Fort Garry demander la mise en liberté des prisonniers, suivant la promesse de Riel, lors de la formation du gouvernement provisoire, mais qui n'avait été tenue qu'en partie. Les Français s'étaient réunis au nombre d'environ 700 hommes et étaient prêts à défendre le Fort. Le soir du 15, les derniers des prisonniers furent mis en liberté.

" Cette foule en désordre resta à la Plaine de la Grenouille, délibérant sur la meilleure ligne de conduite à suivre, et ensuite la plus grande partie des Anglais se séparèrent pour s'en retourner dans leurs demeure respective, le soir du 16 février.

" Le matin du 17, plusieurs hommes appartenant au parti du Portage passèrent devant le Fort Garry en s'en allant à leur retour de la Plaine de la Grenouille au Portage Laprairie.

Riel envoya immédiatement une poignée d'hommes pour les intercepter au passage, ce qui fût fait sans brûler une amorce. Le nombre des prisonniers ainsi arrêtés était de 47. Ils étaient nominalement sous le commandement du capitaine Boulton, autrefois du 100e régiment, Canadien qui passait l'hiver dans la colonie et qui avait été en rapport avec l'exploration du colonel Dennis l'automne dernier.

" Quatre prisonniers furent condamnés à la peine capitale par la cour martiale, mais à la suite de protestations sérieuses, Riel fit grâce à trois d'entre eux, refusant cependant d'intervenir en faveur du capitaine Boulton. Tard dans la soirée du 19, quelques heures avant le temps fixé pour l'exécution, Riel consentit à surseoir à l'exécution, à condition que M. Smith, le commissaire canadien, ferait une visite dans l'établissement et engagerait les habitants des paroisses mécontentes à appuyer leurs représentants et à reconnaître le gouvernement provisoire.

" M. Smith, accompagné de l'archidiacre McLean, parcourut les différents districts mentionnés, et enfin le nombre de délégués anglais requis pour compléter le " conseil législatif " furent élus.

" Je regrette de dire que pendant les délibérations de l'assemblée à la Plaine de la Grenouille, un jeune Ecossais du nom de John Hugh Sutherland fut tué d'un coup de feu par un Français qui avait été fait prisonnier. Sutherland n'avait pris aucune part au mouvement ; celui qui a tiré sur lui le fit pendant qu'il faisait une tentative futile pour s'échapper.

" Je regrette aussi de dire qu'un prisonnier nommé Scott fut fusillé par ordre d'une cour martiale française, le 4 mars. On l'accusait, je crois, d'insubordination.

" Le Dr. Schultz réussit, avec assez de peine, à s'échapper, et l'on a entendu dire dernièrement qu'il s'était rendu à Superior City par la voie du Fort Francis et du lac Vermillion. Il était accompagné par Joseph Monkman, qui, dit-on, a reçu par commission de M. McDougall, la mission de visiter les Sauvages de ces régions, mais je ne sais pas dans quel but.

" Monkman portait aussi, annexé à sa commission, un ordre général adressé aux officiers de la compagnie, leur enjoignant de lui fournir des approvisionnements, pour le paiement desquels le gouvernement canadien serait responsable. Monkman exhiba cet ordre, au facteur en chef, M. Taylor, qui n'ayant pas été prévenu par les officiers de la compagnie, refusa d'obéir. Monkman refusa de montrer la commission annexée à l'ordre, assurant qu'elle était confidentielle.

" La première séance de l'assemblée eut lieu le 9 mars, l'évêque Taché arriva le 10 et assista à la seconde séance de l'assemblée le 15. Il demanda la mise en liberté de tous les prisonniers. La moitié fut immédiatement libérée et le reste le fut le 20 mars. On donna pour motif à cette réclusion prolongée le fait que l'agitation populaire dans la colonie ne s'était pas encore calmée.

" Le juge Black, le révérend M. Ritchot, et M. Alfred H. Scott, qui avaient été nommés délégués du peuple ici, quittèrent la colonie pour se rendre à Ottawa le ou vers le 24 mars.

" M. Black avait agi comme délégué d'une des paroisses de l'établissement, à la convention qui avait siégé pour formuler la déclaration des droits, et former un gouvernement provisoire qui serait acceptable à toutes les parties de la colonie. C'est ce que fit M. Black avec beaucoup de répugnance et seulement lorsqu'on lui représenta que sa présence pourrait être essentielle à la cause. La convention élut M. Black président. Quand on lui demanda de se rendre à Ottawa comme délégué il refusa pendant longtemps, et enfin l'évêque Taché le décida à partir. Il partit le 24 du mois dernier avec sa sœur. Le capitaine Boulton partit en même temps que lui pour le Canada.

Le facteur en chef Smith, accompagné par le traiteur en chef Hardesty, quittèrent cet endroit le 19 du mois dernier pour le Canada, et M. de Salaberry les suivit le 23. Le révérend M. Thibault va demeurer dans l'établissement.

" A l'égard de la situation actuelle, pour ce qui concerne les opérations de la compagnie, au point de vue du commerce, je désire inclure copie des propositions que Riel m'a faites : si elles étaient acceptées, la compagnie pourrait reprendre ses affaires. Ces conditions étaient très-onéreuses, mais il fallut les subir.

" Le Fort Garry nous a été complètement enlevé par le parti des métis français, dont les chefs se sont emparés violemment des clefs des magasins, boutiques, édifices d'entrepôt qui se trouvent dans ses murs, et en ont enlevé en immenses quantités les effets de la compagnie, sans permission ni empêchement.

" Comme vous le savez, une grande quantité de fourrures de prix sont restées dans les magasins depuis l'automne dernier.   Elles ont été saisies, et nous nous trouvons dans l'impossibilité d'en reprendre possession sans la permission de Riel et de ses amis.   Nos domestiques ont été chassés de leurs maisons et obligés de vivre en dehors du fort, afin que l'on put loger les métis.   Nos officiers ont eu la permission, comme faveur spéciale, de garder leurs maisons, à l'exception du Dr. Cowan, dont toute la maison a été saisie par Riel, et l'on en a fait l'hôtel du gouvernement.   Les avants-postes à la Plaine du Cheval Blanc ont été saisis de la même manière, et occupés par un fort parti de métis.   On s'est emparé du bétail de la ferme, et pour vous donner une idée des dommages, je dirai qu'au dernières nouvelles on avait abattu et mangé 70 des meilleurs bœufs d'attelage.

" La petite station à la Pointe-du-Chêne, sur le lac Manitoba, a été saisi et le facteur en chef Deschambault forcé de la quitter.   Riel, cependant, a désavoué cet attendat, et dit qu'il ne l'avait pas autorisé, et m'informe que le poste a été, par ses ordres, rendu à la compagnie.   Dans une lettre précédente, j'ai annoncé que notre magasin à St. Boniface avait été pillé par un parti de métis opposés à Riel.

" Pembina, le Fort Garry inférieur et le Portage La Prairie ont reçu la visite pendant l'hiver, de temps à autre, de gens armés parcourant le pays et les affaires de t us genres ont été suspendues dans le district.

" A l'égard du territoire extérieur, les communications avec l'intérieur du pays ont été autorisées à cause de l'impossibilité où nous étions d'envoyer des paquets sans avoir obtenu des permis de Riel, afin de mettre les porteurs en état de passer devant ses éclaireurs échelonnés sur tous les chemins.   On menaça aussi d'envoyer immédiatement vers l'ouest des gens avec des instructions adressées par le gouvernement provisoire aux métis des districts de la Rivière aux Cygnes et de la Saskatchewan, leur donnant ordre de s'emparer des postes de la compagnie en ces endroits et d'apporter au printemps, à la Rivière-Rouge, toutes les pr u i- sions et les fourrures qu'ils auraient saisies dans les magasins.

Des hommes armés devaient aussi se rendre au Portage La Roche en été, dans le but de s'emparer des produits des districts d'Arthabasca et de la rivière Mackenzie, et de piller tous les forts le long de la route.

Ces menaces n'étaient pas vaines.   Le fait est que si même les employés de la compagnie eussent pu éviter les conséquences de ces mesures, le résultat aurait été désastreux dans tous les cas, vu que l'interruption du trafic nous aurait empêché de recevoir nos produits à York à temps pour les expédier en Europe par les vaisseaux.

Nos produits dans tout le nord auraient été saisis par les Français qui en auraient fait leur propriété, et les forts auraient été pris et nos gens, abandonnés dans le pays, auraient été obligés de se pourvoir eux-mêmes du mieux possible.

Il y a maintenant trois semaines que les rumeurs m'arrivèrent pour la première fois, que l'on avait fixé le temps auquel, dans le cas où les propositions de Riel ne seraient pas acceptées, les employés de la compagnie, dans le district de la Rivière-Rouge, seraient chassés des forts et où toutes leurs propriétés personnelles ou appartenant à la compagnie seraient confisquées. Depuis lors, j'ai eu plusieurs entrevues avec Riel, et après beaucoup de délai, la série suivante des conditions a été adoptée.   Je ne puis dire si elle sera respectée, à tout évènement, par les métis, mais dans le moment actuel, je crois qu'ils veulent tenir leurs promesses, et je suis certain qu'en acceptant leurs propositions, au nom de la compagnie, je profite de la seule chance d'éviter une ruine imminente et immédiate.

Sous ce pli se trouve une lettre de M. Thos. Bunn, " secrétaire d'état," en réponse à M. John H. McTavish, le comptable, qui demandait, que la partie supérieure de l'édifice, dont la partie inférieure contient les bureaux publics de la compagnie, nous fut rendue, vu que c'était le logement des commis, dont quelques-uns ont été obligés de quitter le fort, mais qui vont maintenant, je l'espère, reprendre leurs travaux.

On nous a permis de garder possession de l'étage inférieur de la maison en question pendant l'hiver, et en conséquence nous avons pu sauver nos livres.

Nous espérons pouvoir reprendre nos affaires dans quelques jours, dans tout le district, et quand le temps sera venu, d'envoyer peut-être huit bateaux au Portage Laroche au lieu du nombre ordinaire de quinze. Je vais expédier aussitôt que possible à St. Paul les fourrures emmagasinées. Nous espérons pouvoir faire notre commerce d'été, mais à cause du terrible pillage dont nous avons souffert, nous le ferons tant bien que mal. Nous serons probablement obligés d'importer pendant l'été quelques marchandises dont nous avons été dépouillés pendant les réquisitions de l'hiver dernier. Nous pourrons cependant les importer de St. Paul.

Je compte pouvoir bientôt vous écrire au sujet de quelques affaires relatives au commerce. J'ai hésité à le faire pendant quelque temps, attendu que l'on ne pouvait trop compter sur les malles. On a depuis remédié, je pense, à cet inconvénient. J'envoie cette lettre à St. Paul par l'entremise de M. Hill de cette ville, qui est venu passer quelques jours ici et s'en va demain. Dans l'intervalle, je puis dire que je regarde la position de la compagnie en ce pays comme des plus critiques, et je ne suis conseiller au bureau d'importer de nouvelles marchandises avant d'avoir obtenu quelques garanties pour notre protection, soit du gouvernement anglais, soit des autorités canadiennes. Les arrangements conclus récemment pourront nous permettre d'exporter nos produits et de continuer les affaires plus pressantes de l'été prochain, mais au-delà de cette époque, les apparences sont impénétrables et elles seront longtemps très-incertaines.

M. Malmross, le consul américain, en quittant cet endroit a nommé vice-consul, M. Henry M. Robinson, le rédacteur de la *New-Nation*. Pendant la remise du journal à M. Thomas Spence, le nouveau rédacteur, il s'éleva quelques difficultés qui engagèrent Riel à envoyer chercher M. Robinson, qui refusa d'obéir à l'injonction. Enfin, après avoir subi des voies de fait de la part de l'individu qui était venu l'arrêter, Robinson vint au fort, et après une heure de réclusion, il fut relâché. Le vice-consul affirme maintenant qu'il a fait connaître cette affaire à son gouvernement de façon à l'engager à envoyer des troupes américaines à Pembina pour protéger les Américains et leurs propriétés contre des crimes plus graves l'été prochain.

––––––

A Monsieur Wm. McTavish,
  Gouverneur de la compagnie de la Baie d'Hudson dans le Nord-Ouest.

MONSIEUR,—En vue de nos pourparlers au sujet des affaires de la compagnie de la Baie d'Hudson dans ce pays, j'ai l'honneur de pouvoir vous assurer que mon désir est de rouvrir au plutôt dans l'intérêt de tous un libre cours au commerce.

Le peuple, en se ralliant au gouvernement provisoire, dans l'unanimité de ses sentiments, nous prescrit à tous les deux notre conduite.

Le gouvernement provisoire établi sur la justice et la raison remplira son œuvre.

La compagnie de la Baie d'Hudson, dans ses intérêts commerciaux, peut-être épargnée, mais cela vous regarde et ne dépend que d'elle-même ; j'ai eu l'honneur de vous dire que des arrangements étaient possibles, et ils le sont aux conditions suivantes :

1o. Que toute la compagnie de la Baie d'Hudson, dans le Nord-Ouest, reconnaisse le le gouvernement provisoire.

2o. Que vous souscriviez, au nom de la compagnie de la Baie d'Hudson, à un emprunt du gouvernement provisoire pour la somme de £3,000 sterling.

3o. Que sur la demande du gouvernement provisoire, dans le cas où les arrangements avec le Canada seraient entravés, vous garantissiez un supplément de £2,000 sterling à la somme sus-mentionnée.

4o. Qu'il soit octroyé par la compagnie de la Baie d'Hudson à l'administration militaire du gouvernement provisoire, pour la valeur de £4,000 en provisions de bouche et en marchandises au prix courant.

5o. Que la compagnie de la Baie d'Hudson remette immédiatement ses bills en circulation.

6o. Que la compagnie de la Baie d'Hudson se désiste d'une quantité spécifiée de marchandises que le gouvernement provisoire se reserverait en cas d'arrangement.

En acceptant ces conditions la compagnie devra ouvrir ses magasins sous la protection du gouvernement provisoire. Le Fort Garry sera ouvert tout en restant le siége du gouvernement sous une faible garde de cinquante hommes.

Voilà, monsieur, les choses que nous impose la situation. Je ne reculerai pas devant mon devoir, vous possédez le sentiment du vôtre, et j'ai la confiance que votre décision sera favorable.

Permettez-moi de vous exprimer ici les sentiments de sympathie que m'inspire le mauvais état de votre santé, et mes vœux sincères pour son prompt rétablissement.

J'ai l'honneur, etc.,

LOUIS RIEL,
Président.

Maison du Gouvernement Provisoire,
    Fort Garry, 28 mars 1870.

Wm. McTavish, écr.,
    Gouverneur de la compagnie de la Baie d'Hudson, dans le Nord-Ouest.

MONSIEUR,—J'ai l'honneur de vous dire que vous aurez toute la maison dite de l'office, mais que nous prendrons le hangar jaune le premier à la droite de votre demeure.

J'ai l'honneur de vous dire aussi que nous exigerons la somme de £2,000 à £2,500 en provisions de bouche. Le reste se donnera en marchandises.

J'ai l'honneur, etc.,

THOMAS BUNN,
Secrétaire d'Etat.

Maison du Gouvernement, 5 avril 1870.

Au nom de la compagnie de la Baie d'Hudson, en ce pays, j'accepte toutes les conditions et propositions ci-dessus, et consens à les remplir. En foi de quoi, j'ai signé ce cinquième jour d'avril mil huit cent soixante-dix, à l'établissement de la Rivière-Rouge.

WM. McTAVISH,

Signé en notre présence le jour et an susdit.

THOMAS BUNN,
Secrétaire d'Etat.

N. B. O'DONAGHUE,
Secrétaire.

M. Holland à Sir Curtis Lampson.

DOWNING STREET, 17 mai 1870.

MONSIEUR,—Je suis chargé par le comte Granville d'accuser réception de votre lettre du 13 de ce mois, demandant si le gouvernement de Sa Majesté veut s'engager vis-à-vis la compagnie, à l'indemniser de toutes les pertes ou de tous dommages à l'égard de certains approvisionnements que la compagnie a l'intention d'envoyer à la Terre de Rupert.

Lord Granville me prie de dire qu'avant que les marchandises arrivent à la Terre de Rupert, la responsabilité de la paix du pays incombera au gouvernement canadien, auquel toute proposition de ce genre jugée nécessaire par la compagnie devrait être faite au plustô par télégraphe, sans perte de temps.

Je dois ajouter que la présence de Sir Stafford Northcote à Ottawa parait présenter des facilités exceptionnelles en cette circonstance.

J'ai, etc.,

H. T. HOLLAND.

Sir Curtis Lampson, Baronnet, etc., etc., etc.

Sir C. Lampson à M. Holland.

HÔTEL DE LA BAIE D'HUDSON, LONDRES, 20 mai 1870.

MONSIEUR,—J'ai reçu votre lettre du 17 de ce mois, en réponse à la mienne du 13, et je regrette beaucoup que Lord Granville n'ait pas vu la nécessité de donner à la compagnie de la Baie d'Hudson la garantie d'indemnité qu'elle demandait.

Il est trop tard maintenant pour communiquer avec le gouvernement du Canada sur ce sujet. On ne pourrait arriver à un résultat satisfaisant par télégrammes, de plus Sir Stafford Northcote, a maintenant quitté le Canada et s'embarquera à New-York sur le steamer du 25.

Dans ces circonstances, le comité de la compagnie a décidé de ne pas courir le risque de laisser la population sauvage et autres des districts sans moyens de subsistance et il va, en conséquence, expédier les approvisionnements comme d'habitude, mais en prenant ce parti, le comité tient à son opinion que le gouvernement aurait dû se charger de cette responsabilité ; et dans le cas où la conduite du gouvernement provisoire occasionnerait des pertes ou dommages à la compagnie, il s'adressera encore au gouvernement de Sa Majesté pour obtenir une indemnité, si le gouvernement canadien refuse de l'accorder.

J'ai, etc.,

C. M. LAMPSON,
Député-Gouverneur.

H. T. Holland écuier,
     Ministère des Colonies.

Le Sous-Secrétaire d'Etat ministre des colonies, à Sir Curtis Lampson.

DOWNING STREET, 26 mai 1870.

MONSIEUR,—Relativement à cette partie de votre lettre du 20 du présent mois qui concerne l'envoi de munitions au Fort Garry, et dans laquelle il est dit que si les actes du gouvernement provisoire occasionnaient des pertes ou dommages, la compagnie demanderait une indemnité au gouvernement de Sa Majesté, dans le cas où celui du Canada refuserait d'en donner, le comte Granville me charge de déclarer de nouveau que le gouvernement de Sa Majesté n'accepte pas cette responsabilité.

J'ai, etc.,

F. ROGERS.

Sir Curtis Lampson, Baronnet, etc.

Rapport d'un comité de l'honorable conseil privé, approuvé par Son Excellence le gouverneur-général en conseil, le 31 mai 1870.

Vu la recommandation de l'honorable ministre des finances, le comité est d'avis qu'il émane un mandat en faveur de M. Joseph Monkman, pour la somme de cinq cent quatre-vingt-dix piastres (8590), en dédommagement de ses services et dépenses durant les troubles de la Rivière-Rouge, cette somme devant être portée au compte du crédit affecté à l'ouverture de communications avec les territoires du Nord-Ouest.

Pour copie conforme.

WM. H LEE.
Greffier Conseil Privé.

L'Honorable
Secrétaire d'Etat pour les Provinces, etc., etc., etc.

Rapport d'un comité de l'honorable conseil privé, approuvé par Son Excellence le gouverneur-général en conseil, le 23 juin 1870.

Le comité a pris connaissance de l'extrait des minutes d'une assemblée de l'honorable bureau de la trésorerie, tenue le 7 juin 1870, et sur la recommandation de l'honorable ministre des finances, il suggère respectueusement que les dites minutes soient approuvées, que les recommandations qu'elles contiennent soit adoptées et qu'on agisse en conséquence.

Pour copie conforme.

WM. H. LEE,
Greffier Conseil Privé.

L'Honorable
Secrétaire d'Etat pour les Provinces. etc., etc., etc.

Extraits des minutes d'une assemblée du bureau de la trésorerie, tenue à Ottawa le 7me jour de juin 1870.

(No. 211).

Le bureau a examiné (*inter alia*) les comptes suivants se rapportant aux récentes difficultés du Nord-Ouest, ainsi que le rapport fait le 20 mai par M. McDougall sur ces comptes :—

A. N. Richards, C.R.—Recommandé qu'une somme de mille piastres ($1,000) soit payée à compte à M. Richards, durant la maladie de l'honorable ministre de la justice.

A. Boyd.—Compte de £700 3s. 2d. approuvé et paiement recommandé ; ordonné que des instructions soient données au département du secrétaire d'Etat pour les provinces de faire une enquête sur toutes les munitions qui ont été mises sous la garde des officiers de la compagnie de la Baie d'Hudson.

Bannantyne et Begg.—Compte de $963 58 certifié exacts par le Dr. Lynch et paiement recommandé.

McArthur et Martin.—Compte de £343 10s. certifié exact par le Dr. Lynch, et recommandé que le paiement de cette somme soit fait, moins £33 5s. 6d. demandés par M. McArthur comme frais de route depuis l'établissement jusqu'à Montréal et Ottawa, pour faire accepter le compte au gouvernement.

Respectueusement soumis.

Bureau de la trésorerie, Ottawa, 7 juin 1870.

F. HINCKS,
Président.

Secrétaire d'Etat pour les Provinces.

Rapport d'un comité de l'honorable conseil privé, approuvé par Son Excellence le gouverneur-général en conseil le 1er juillet 1870.

Lu l'extrait ci-joint des minutes d'une assemblée du bureau de la trésorerie, tenue le 27 juin 1870, et soumis à l'approbation de Votre Excellence.

Le comité décide que les minutes soumises soient approuvées, et que les recommandations du bureau de la trésorerie, dans les différents cas qui y sont mentionnés, soient mises à effet.

Pour copie conforme.

WM. LEE.
Greffier, Conseil Privé.

L'Honorable
Secrétaire d'Etat pour les Provinces, etc., etc., etc.

Extraits des minutes d'une assemblée du bureau de la trésorerie, tenue le 27 juin 1870.

Secrétaire d'Etat pour les provinces.

Examinés les comptes se montant à £110 pour médecines et approvisionnements fournies par le magasin du Dr. Schultz aux prisonniers détenus au Fort Garry.

Le gouvernement recommande au conseil de payer £110 au Dr. Schultz.

Aussi examinés les comptes présentés par M. J. A. N. Provencher.

Le bureau recommande au conseil de faire à M. Provencher un paiement à compte de $750.

Soumis par ordre.

F. HINCKS,
Président.

Bureau de la Trésorerie, Ottawa, 28 juin 1870.

Rapport d'un comité de l'honorable conseil privé, approuvé par Son Excellence le gouver-neur-général en conseil, le 30 août 1870.

Le comité a examiné l'extrait ci-joint des minutes d'une assemblée du bureau de la tréso-rerie, tenue le 25e jour d'août 1870, et sur l'avis de l'honorable ministre des finances, il suggère que les différentes recommandations faites dans le dit extrait soient approuvées et qu'on agisse en conséquence.

Pour copie conforme.

WM. H. LEE.
Greffier, Conseil Privé.

L'Hon. Secrétaire d'Etat pour les Provinces.

COMPTES DE LA RIVIÈRE-ROUGE.

Examinés les comptes suivants :—

Charles Mair.—Le bureau recommande que la somme de $236 26, avancée par M. Mair, en argent et en approvisionnements, soit remise au département des travaux publics pour acquitter les traites de M. Mair, et que la somme de $60 87, avancée sur sa propre autorité aux prisonniers détenus au Fort Garry, soit remboursée par lui.

E. M. Hopkins, procureur de James M. Kay.—Le bureau recommande que cette somme, $37 50, pour louage d'un cheval et d'une voiture employés par le colonel Dennis, et certifiée exacte par ce monsieur, soit payée.

Dugald McTavish.—Le bureau recommande que le compte pour approvisionnements fournis par la compagnie de la Baie d'Hudson à l'hon. Wm. McDougall, certifié exact par ce monsieur, et s'élevant à la somme de $247 49, soit payé.

James Turner et Cie., Hamilton, procureurs de E. L. Barber.—Approvisionnements fournis aux volontaires, s'élevant à £25, certifiés par le Dr. Lynch. Le bureau recommande le paiement de cette somme.

Col. Dennis.—Examinés les comptes et les pièces justificatives fournis par ce monsieur. L'hon. Wm. McDougall, à qui les comptes ont été soumis, ainsi que les pièces justificatives, déclare, dans une lettre adressée le 30 du mois dernier, à l'auditeur, qu'il les considère sujets à objection. En conséquence, le bureau recommande que conformément à un rapport de l'assistant-auditeur qui a examiné la réclamation, après avoir déduit la balance due au département des travaux publics, certifiée par ce département et s'élevant à $2,114 47, ainsi que le paiement de $125 prêtées pour un mois à un nommé Jos. H. Ashdown, la somme restant, $1,092 67, soit payée au colonel Dennis.

HAMILTON, ONTARIO,
30 août 1870.

CHER MONSIEUR,—Nous avons reçu d'un de nos amis de la Rivière-Rouge les ordres ci-inclus, et nous prenons la liberté de vous demander de vouloir bien les mettre entre les mains de qui de droit pour perception.

MM. Turner et Cie., de cette cité, ont eu des traites semblables qui ont été duement acquittées. S'il s'élevait des objections à l'égard de celles-ci, vous pourriez vous adresser à notre ami l'hon. Peter Mitchell, ou peut-être à l'hon. M. Howe, l'un ou l'autre de ces deux messieurs vous prêtera son concours, nous n'en avons aucun doute.

Nous sommes, etc.,
Pour Sanford, McInness et Cie.,

H. O. RITCHIE.

Thomas Vaux, écuier, Ottawa.

Mémoire présenté par M. McDougall,

Toronto, 8 décembre 1870.

Conformément à la demande du président du bureau de la trésorerie, j'ai examiné les comptes ci-joints ; ne sachant pas en vertu de qu'elle autorité M. John O'Donnell a donné des ordres au nom et au compte du gouvernement canadien, et n'ayant pas connu de volontaires de Winnipig à l'exception de ceux du " gouvernement provisoire" auxquels de tels ordres pouvaient être donnés, depuis la première semaine de décembre 1869, j'ose exprimer l'opinion que la " réclamation" de M. F. C. Mercer est une de celles que le gouvernement du Canada ne doit pas payer.

WM. McDOUGALL.

Extrait des minutes d'une assemblée du bureau de la trésorerie, tenue à Ottawa le 16e jour de décembre 1870.

(No. 313.)

Secrétaire d'Etat pour les Provinces.

(No. 414.)—Examinés la réclamation de MM. Sanford, McInnes et Cie., Hamilton, de la part de F. C. Mercer, pour approvisionnements fournis aux volontaires, et le rapport fait à ce sujet par l'honorable Wm. McDougall, C. B.

Le bureau est d'opinion que le compte ne peut être payé, et il suggère que MM. Sandford, McInnes et Cie., soient informés de ce fait.

(Les documents ci inclus.)

Bureau de la Trésorerie, Ottawa, 6 février, 1871.

Pour le secrétaire,

J. M. COURTNEY

E. A. Meredith, écuier,
    Sous Secrétaire d'Etat pour les Provinces

(No. 67.)

BUREAU DU SECRÉTAIRE D'ETAT,
OTTAWA, 8 février 1871.

MONSIEUR,—J'ai l'honneur de vous informer que le gouvernement a examiné certains
(No. 414.)   comptes présentés par vous au nom de M. F. C. Mercer, de Winnipig, et s'élevant à la somme de £26 9s. 0d. sterling, pour effets prétendus avoir été fournis à certaines personnes sur l'ordre de M. John O'Donnell, procureur du Dr. James Lynch, en sa qualité de capitaine des volontaires de Winnipig.

Je dois vous dire que comme il ne paraît pas qu'une autorisation ait été donnée à M. O'Donnell ou au Dr. Lynch pour ordonner les effets en question, la réclamation de M. Mercer demandant le paiement de son compte ne peut-être acceptée.

M. Mercer devrait plutôt s'adresser aux messieurs ci-haut nommés pour se faire rembourser.

J'ai, etc.,

JOSEPH HOWE,
Secrétaire d'Etat.

P.S.—Les comptes de M. Mercer sont ci-inclus.
MM. Sanford, McInnes et Cie., Hamilton.

C. M. Hopkins, écuyer.
Dépenses d'équipement du gouverneur Archibald pour se rendre à la Rivière-Rouge.
1870.

			$ cts.
10 août.	2 barils de lard, qualité supérieure, à..........$28 00		56 00
"	3 do biscuits...... { 83½ / 84½ / 75 } 243 lbs., à.......... 0 06½		15 00
"	3 do à.......... 0 25		6 75
"	1 do de farine, à.......... 6 50		0 50
"	12 lbs de thé noir, à.......... 0 85		10 20
"	1 boîte sucre pulvérisé		7 25
	Payé pour fairedes douilles pour piques..........		1 50
	do pension de 8 Iroquois..........		11 00
			$ 109 00
7 septembre.	Commission de banque, ¼% 27 cts., et timbre, 6 cts..........		0 33
			$ 109 33
	Cr.		
"	Par traite sur Montréal, à 3 jours de vue..........		$ 108 33

E. et O. E.,

Collingwood, 8 septembre 1870.

(302.)

BUREAU DU SECRÉTAIRE D'ETAT POUR LES PROVINCES,
OTTAWA, 14 juin 1870.

MONSIEUR,—J'ai l'honneur d'accuser réception de votre lettre du 9 du présent mois,
No. 290.   contenant un double d'un compte de trente-sept piastres et cinquante centins,
$37 50   pour services rendus au lieutenant-colonel Dennis, à la Rivière-Rouge, par M.
James McKay, et de vous informer que ce compte a été renvoyé à l'honorable ministre des

finances au département duquel est réservé le règlement des comptes ayant rapport à l'expédition de la Rivière-Rouge.

J'ai, etc.,

JOSEPH HOWE,
Secrétaire d'Etat pour les Provinces.

E. M. Hopkins, écuyer, Montréal.

Extrait des minutes d'une assemblée du bureau de la trésorerie, tenue à Ottawa le 10me jour de novembre 1870.

Secrétaire d'Etat pour les provinces.

Présentés, pour examen, les comptes suivants ayant rapport à l'expédition de la Rivière-Rouge.

(No. 304.)—Réclamation de Daniel S. Cameron, de Ailsa Craig, pour travaux faits à l'hôtel du gouvernement, Fort Garry, et autres dépenses.

Le bureau recommande au conseil que la somme de dix piastres ($10) (approuvée par le colonel Dennis), pour paiement des travaux faits à l'hôtel du gouvernement, soit payée à M. Cameron.

Réclamation du Dr. Schultz pour montants payés par son agent, M. Bird, au Portage La Prairie, et s'élevant en tout à $298 62.

Le bureau recommande au conseil le paiement de cette somme.

Réclamation du major Wallace, Whitby, pour rénumération de services rendus pendant l'expédition.

Recommandé au conseil que, conformément au rapport de l'assistant-auditeur, $72 50 soient payés au major Wallace.

Réclamation de John McIntyre, Fort William, pour approvisionnement fournis à W. M. Simpson, écr., M.P., pour un voyage au Fort Francis, et pour présents aux Sauvages, $1,214 66, et

Lettre du secrétaire, département des travaux publics, contenant une lettre de S. J. Dawson, avec les comptes de D. M. Blackwood, pour effets donnés aux Sauvages à l'arrivée du corps expéditionnaire à la baie du Tonnerre, $267 30.

Le bureau recommande que ces deux derniers montants soient payés et portés au compte de l'expédition.

Aussi, la réclamation de J. W. Simpson, Montréal, de la part de E. M. Hopkins, pour $109 33, pour effets achetées pour l'équipement du lieutenant-gouverneur Archibald.

Le bureau recommande le paiement de ce montant en le portant au compte de l'organisation.

Approuvé par Son Excellence le gouverneur-général en conseil, le 21 novembre 1870.

Par copie conforme.

WM. H. LEE,
Greffier du Conseil Privé.

(655.)

BUREAU DU SECRÉTAIRE D'ETAT POUR LES PROVINCES,
OTTAWA, 21 décembre 1870.

MONSIEUR.—J'ai l'honneur de demander qu'un mandat soit émis à ce département par
(No. 509.)   chèque en faveur de J. W. Simpson, au nom de E. M. Hopkins, pour la somme de cent neuf piastres et trente-trois centins ($109 33), étant le montant d'un compte d'effets achetés pour l'équipement du lieutenant-gouverneur Archibald pour son voyage à la Rivière-Rouge, la dite somme devant être portée au compte de l'organisation, selon l'ordre en conseil du 21 du mois dernier.

J'ai, etc.,

E. A. MEREDITH,
Sous-Secrétaire d'Etat.

A l'Auditeur des Comptes Publics.

(657.)

Bureau du Secrétaire d'Etat pour les Provinces,
Ottawa, 24 décembre 1870.

Monsieur,—J'ai l'honneur de vous transmettre ci-inclus un chèque reçu ce jour du dé
partement du receveur-général, payable à votre ordre, pour la somme de
(No. 509.)   cent neuf piastres et trente-trois centins ($109 33), étant le montant
d'effets achetés par M. E. M. Hopkins, pour l'équipement du lieutenant-gouverneur Archibald, pour son voyage à la Rivière-Rouge.

J'ai, etc.,

E. A. Meredith,
Sous-Secrétaire d'Etat pour les Provinces.

J. W. Simpson, écr., Montréal.

(No. 284)

Bureau de la Trésorerie, Canada,
Ottawa, 7 décembre 1870.

Monsieur,—J'ai l'honneur de vous transmettre ci-inclus des documents relatifs à la
réclamation de Daniel S. Cameron, Ailsa Craig, pour travaux faits à l'Hôtel du Gouvernement,
Fort Garry, et autres dépenses ; aussi, une réclamation de M.M. James Turner et Cie.,
Hamilton, au nom de John Higgins, Winnipeg, pour £12 17s. 1d., approvisionnements
fournis aux prisonniers détenus au Fort Garry.

Sur la première réclamation $10 ont été accordées, à la recommandation du colonel
Dennis, pour travaux faits à l'Hôtel du Gouvernement ; mais quant à l'autre partie de la
réclamation et à la seconde réclamation, le bureau de la trésorerie a décidé que dans ce cas
comme dans tous les autres semblables, avant que le gouvernement du Canada puisse s'occuper
de l'affaire, les documents soient soumis au gouvernement local pour que celui-ci les examine et
fasse rapport.

J. M. Courtney,
Pour le Secrétaire.

E. A. Meredith, écr.,
Sous-Secrétaire d'Etat pour les Provinces.

(625.)

Bureau du Secrétaire d'Etat pour les Provinces,
Ottawa, 9 décembre 170

Monsieur,—J'ai l'honneur de vous transmettre ci-inclus copie d'une lettre du secrétaire
du bureau de la trésorerie ainsi que les comptes dont il y est question, et de
(No. 531)   vous prier d'avoir l'obligeance, conformément au désir du bureau, de faire
7 décembre 1870.   examiner ces comptes et d'en transmettre un rapport à ce département pour
2.   son information.

J'ai, etc.,

Joseph Howe,
Secrétaire d'Etat pour les Provinces.

L'Honorable A. G. Archibald,
Lieutenant-Gouverneur, Fort Garry.

(647.)

Bureau du Secrétaire d'Etat pour les Provinces,
Ottawa, 17 décembre 1870.

Monsieur,—J'ai l'honneur de demander qu'un mandat soit émis à ce département par
chèque en faveur de Daniel S. Cameron, de Ailsa Craig, pour la somme de dix piastres ($10),
montant d'un compte présenté par lui pour travaux faits à l'Hôtel du Gouvernement au Fort

Garry, et dont le paiement a été recommandé par le bureau de la trésorerie, ainsi que le constate la lettre du secrétaire datée le 7 du présent mois.

J'ai, etc.,

E. A. MEREDITH.

John Langton, écr.,
    Auditeur des Comptes Publics.

DÉPARNEMENT DES FINANCES,
OTTAWA, 19 décembre 1870.

MONSIEUR,—J'ai l'honneur de vous informer qu'un mandat a été émis en faveur du département du secrétaire d'état pour les provinces, pour la somme de $10, sur un chèque en faveur de Daniel S. Cameron, pour travaux faits à l'Hôtel du Gouvernement, Fort Garry.

Le mandat vous sera livré, ou à votre procureur au bureau du receveur-général du Canada.

J'ai, etc.,

WILLIAM DICKINSON,
Sous-Inspecteur-Général.

E. A. Meredith, écr.,
    Sous-Secrétaire d'Etat pour les Provinces.

---

(654)

BUREAU DU SÉCRÉTAIRE D'ETAT POUR LES PROVINCES,
OTTAWA, 21 décembre 1870.

MONSIEUR,—J'ai l'honneur de vous transmettre ci-inclus un chèque payable à votre ordre pour la somme de dix piastres ($10) montant de votre compte pour travaux faits à l'Hôtel du Gouvernement au Fort Garry.

(No. 531.)

Les autres parties de votre compte sont encore sous la considération du gouvernement.

J'ai, etc.,

JOSEPH HOWE,
Secrétaire d'Etat pour les Provinces.

M. Daniel S. Cameron,
    Ailsa Craig.

(No. 79.)

HÔTEL DU GOUVERNEMENT,
FORT GARRY, 26 décembre 1870.

MONSIEUR,—J'ai l'honneur d'accuser réception de votre dépêche, No. 625, du 9 du présent mois, me transmettant copie d'une lettre du secrétaire du bureau de la trésorerie ainsi que les comptes qui y sont mentionnés, et me priant de faire examiner ces comptes et de vous transmettre un rapport à ce sujet.

Je vais m'occuper de cette affaire de suite, et vous en transmettrai un rapport pour l'information du bureau.

J'ai, etc.,

ADAMS E. ARCHIBALD.

L'Honorable Secrétaire d'Etat pour les Provinces.

Rapport d'un comité de l'honorable conseil privé, approuvé par Son Excellence le gouver-
neur-général en conseil le 1er juillet 1870.

Vu la dépêche No. 129, (datée le 26 mai 1870) du très-honorable ministre des colonies, transmettant copie d'une correspondance échangée entre la compagnie de la Baie d'Hudson et le département colonial au sujet de la responsabilité pour les pertes éprouvée par la compagnie de la Baie d'Hudson par suite d'actes du soi-disant gouvernement provisoire du territoire de la Rivière-Rouge, l'honorable ministre des finances, auquel la dépêche en question a été envoyée, fait rapport qu'il est d'opinion que cette correspondance ne soulève aucune question pratique qui nécessite une action immédiate de la part du gouvernement canadien.

Que dans la lettre datée le 18 mai, le gouverneur de la compagnie de la Baie d'Hudson a transmis au département colonial un extrait d'une dépêche du gouverneur McTavish, datée au Fort Garry, le 6 avril 1870, contenant un récit des événements qui ont eu lieu à la Rivière-Rouge subséquemment à la précédente dépêche du 12 février.

Après avoir mentionné une série d'outrages commis par les insurgés, M. McTavish fait connaître au président et aux directeurs de la compagnie de la Baie d'Hudson que sa position est très critique, et qu'il ne peut demander à la compagnie d'envoyer de nouveaux approvisionnements de marchandises "avant que quelque garantie de protection ait été obtenue du " gouvernement anglais ou canadien."

Que, conformément à l'avis donné par le gouverneur McTavish, Sir Curtis Lampson, vice-président de la compagnie de la Baie d'Hudson, demanda si le gouvernement de Sa Majesté consentirait à s'engager à indemniser la compagnie des pertes ou dommages si celle-ci envoyait les marchandises qui, disait-il, étaient absolument nécessaires. Le comte de Granville chargea M. Holland de dire à Sir Curtis Lampson qu'avant que les marchandises pussent parvenir à destination, le territoire aurait probablement passé au pouvoir du gouvernement canadien, et de lui suggérer de s'adresser à ce dernier gouvernement pour en obtenir des garanties d'indemnité en cas de pertes. En réponse, Sir Curtis Lampson fit remarquer l'impossibilité, dans ces circonstances, d'entrer en négociations avec le gouvernement canadien, et il ajouta que la compagnie avait décidé de faire ses expéditions comme à l'ordinaire. De plus, il déclara que la compagnie concourait dans l'opinion que le gouvernement impérial aurait dû accepter la responsabilité, et il ajouta que s'il survenait des pertes ou des dommages, elle en demanderait une indemnité au gouvernement de Sa Majesté, si le gouvernement canadien refusait.

Sir Frederic Rogers reçut instruction de faire savoir à Sir Curtis Lampson, en réponse, que le gouvernement de Sa Majesté n'accepterait pas la responsabilité.

La dépêche du comte de Granville à Votre Excellence porte la même date que la lettre . de Sir Frederic Rogers, de sorte qu'il n'est pas improbable que la compagnie de la Baie d'Hudson ait fait d'autres représentations sur ce sujet.

Que, cependant, il est évident que le gouvernement de Sa Majesté a résolu de ne pas accepter la responsabilité des pertes futures que la compagnie de la Baie d'Hudson pourrait éprouver.

Que, dans l'état actuel des choses à la Rivière-Rouge, lui, le ministre des finances, est d'opinion qu'il serait inopportun pour le gouvernement canadien d'accepter la garantie demandée par la compagnie de la Baie d'Hudson; mais il croit très-improbable que la compagnie soit exposée à l'avenir aux rapines et aux pillages dont elle a été récemment la victime.

Le ministre des finances dit qu'il aurait été disposé à terminer ici ses remarques, n'eussent été certaines observations contenues dans la lettre de Sir Curtis Lampson, datée le 13 mai et qui, dans son opinion, ne doivent pas être passées sous silence.

Sir Curtis Lampson dit dans cette lettre qu'il croit "de la plus haute importance que le " gouvernement de Sa Majesté connaisse les résultats provenant de la ligne de conduite " adoptée par le gouvernement du Canada, et qui seule a amenée la formation du soi-disant " gouvernement provisoire."

Puis il ajoute que "le comité s'abstient pour le moment d'entrer dans la question

" générale des procédés adoptés par le gouvernement canadien, ou dans la question de savoir
" sur qui doit retomber la responsabilité des dommages que ces procédés auraient produits."

Le ministre des finances ne se croit pas appelé à défendre le gouvernement canadien contre
des accusations aussi vagues que celles qui viennent d'être citées de la lettre de Sir Curtis
Lampson, mais que des dommages et pertes aient été éprouvés non seulement par la compagnie de la Baie d'Hudson, mais aussi par un nombre considérable de sujets de Sa Majesté
résidant dans le territoire de la Rivière-Rouge, et que des réclamations seront bientôt présentées pour ces pertes et dommages," il peut être à propos de saisir la présente occasion pour
décliner, de la part du gouvernement du Canada, toute responsabilité pour les actes du soi-
disant gouvernement provisoire du territoire de la Rivière Rouge.

Le comité concourt dans le rapport de l'honorable ministre des finances, et il recommande
en conséquence son adoption.

Pour copie conforme.

WM. H. LEE,
Greffier du Conseil Privé.

L'honorable
Secrétaire d'Etat pour les Provinces, etc., etc., etc.

———

HOTEL DE LA BAIE D'HUDSON,
LONDRES, 29 novembre 1870.

MONSIEUR,—Le comité de la compagnie de la Baie d'Hudson m'a donné ordre de vous
écrire au sujet des représentations que le comité a récemment faites au gouvernement de Sa
Majesté relativement aux pertes et dommages que la compagnie a éprouvés par suite des
récents troubles qui ont eu lieu au Fort Garry, et au délai survenu dans l'achèvement du
transfert de ses droits territoriaux au Canada.

Il semble à ce comité que, comme toutes les communications échangées au sujet du
transfert du territoire du Nord-Ouest l'ont été par l'intermédiaire du ministère colonial, il lui
serait plus convenable d'envoyer sa présente réclamation par la même voie, laissant au gouvernement de Sa Majesté et à celui du Canada, de quelle manière la réclamation doit être identifiée et qui doit lui faire droit. Cependant, le comte de Kimberley a exprimé le désir que je
m'adresse au gouvernement du Canada ; telle est la raison de la présente communication.

Comme Lord Kimberley m'informe qu'il a déjà transmis au gouvernement canadien,
copie de ma lettre du 1er de ce mois, dans laquelle est expliquée la nature de la réclamation
de la compagnie, il est inutile que j'abuse de votre temps en répétant cette explication. Je n'ai
qu'à ajouter que depuis lors le comité s'est convaincu que les pelleteries, qui avaient été saisies
par le soi-disant gouvernement provisoire, et soumises par lui à la rançon ont été rendues
intactes. Dès lors les réclamations de la compagnie se trouvent réduites à l'intérêt sur le prix
d'achat, la rançon payée en argent et en effets pour ses pelleteries, les dommages causés aux
bâtisses et les munitions qui ont été enlevées de ses entrepôts ; elle a proposé que le tout soit
déterminé par des commissaires.

Le comité espère que vous voudrez bien soumettre cette affaire à l'examen du gouvernement du Canada. Il a envoyé copie de la correspondance à M. Cyril Graham, qu'il a chargé
d'avoir une entrevue avec vous dans le cas où vous jugeriez une conversation personnelle
désirable.

J'ai l'honneur d'être, Monsieur,
Votre très-obéissant serviteur,

STAFFORD H. NORTHCOTE,
Gouverneur.

L'Honorable Joseph Howe.

(No. 639.)

DÉPARTEMENT DU SECRÉTAIRE D'ETAT POUR LES PROVINCES,
Ottawa, 16 décembre 1870.

Monsieur,—J'ai l'honneur d'accuser réception de votre lettre du 29 du mois dernier, relative aux représentations faites au gouvernement de Sa Majesté, par le comité de la compagnie de la Baie d'Hudson, au sujet des pertes et dommages que la compagnie prétend avoir éprouvés par suite des récents troubles qui ont eu lieu au Fort Garry, et des délais survenus dans l'achèvement du transfert des droits territoriaux de la compagnie au Canada.

No. 536.

J'ai l'honneur d'être, Monsieur,
Votre obéissant serviteur,

JOSEPH HOWE,
Secrétaire d'Etat.

Sir S. H. Northcote,
Gouverneur de la Cie. de la Baie d'Hudson,
Hotel de la Baie d'Hudson, Londres, Angleterre.

(No. 640.)

DÉPARTEMENT DU SECRÉTAIRE D'ETAT POUR LES PROVINCES,
Ottawa, 16 décembre 1870.

Monsieur,—J'ai l'honneur de vous transmettre ci-inclus, pour votre information, copie d'une communication du gouverneur de la compagnie de la Baie d'Hudson, au sujet des pertes et dommages que la compagnie prétend avoir éprouvés par suite des troubles qui ont eu lieu au Fort Garry, et des délais survenus dans l'achèvement du transfert des droits territoriaux de la compagnie au Canada.

No. 536.

J'ai, etc.,

JOSEPH HOWE,
Secrétaire d'Etat.

L'Honorable A. G. Archibald,
Lieutenant-Gouverneur, Fort Garry.

(No. 84.)

HÔTEL DU GOUVERNEMENT,
Fort Garry, 3 janvier 1871.

Monsieur,—J'ai l'honneur d'accuser réception de votre dépêche (No. 64) portant la date du 16 du mois dernier, et me transmettant copie d'une communication du gouverneur de la compagnie de la Baie d'Hudson au sujet de représentations faites par la compagnie de la Baie d'Hudson au gouvernement de Sa Majesté, relativement à des pertes et dommages que la compagnie prétend avoir éprouvés par suite des récents troubles qui ont eu lieu au Fort Garry, et des délais survenus dans le transfert au Canada.

J'ai l'honneur d'être, etc.,
ADAMS G. ARCHIBALD.

L'Honorable Secrétaire d'Etat
pour les Provinces,
Ottawa.

TORONTO, 2 novembre 1870.

Monsieur,—J'ai l'honneur d'accuser réception de votre note du 26 du mois dernier, m'informant qu'un sous-comité du conseil privé, dont vous êtes le président, a été nommé pour examiner les réclamations, de quelque nature qu'elles soient, que moi et quelques autres messieurs qui sont allés au Nord-Ouest pouvons avoir contre le gouvernement du Canada. Vous dites que vous serez heureux de recevoir et de soumettre devant le comité les réclamations que je croirai devoir présenter.

Je dois dire, en réponse, que je n'ai jamais fait et que je n'ai jamais eu l'intention de faire des réclamations contre le gouvernement du Canada en qualité d'employé ou d'officier subalterne de ce gouvernement, car je n'ai jamais eu l'honneur d'occuper cette position. Je suis allé au Nord-Ouest ayant dans ma poche une commission qui devait devenir en force lors d'un événement qui ne s'est pas produit pendant l'existence de cette commisson. Mais j'ai continué à occuper le poste de ministre des travaux publics jusqu'au 9 décembre, époque à laquelle je faisais mes préparatifs pour m'en revenir au Canada.

Mon affaire diffère donc essentiellement de celle des "autres messieurs" mentionnés dans votre note, et j'incline à croire qu'elle ne devrait pas être mise dans la même catégorie. Cette confusion pourrait être préjudiciable à leurs réclamations, qui reposait sur des bases différentes de celles que je pourrais faire valoir, et elle ne me serait probablement d'aucun ervice.

J'ai eu l'honneur de faire rapport, pour l'information du gouvernement, sur tous les comptes et réclamations provenant des troubles récents qui ont eu lieu dans le Nord-Ouest,— comptes et réclamations qui m'avaient été envoyés dans ce but et dont j'avais connaissance en qualité de ministre des travaux publics ; mais j'ai refusé de soumettre à la demande d'officiers subalternes des autres départements du gouvernement les pièces justificatives ou informations sur les détails de mes propres déboursés. Vous comprendrez, et, j'espère, vous reconnaîtrez la convenance de mon refus quand je vous aurai rappelé que ces déboursés ont été faits pendant que j'étais ministre de la couronne, ou pour remplir des engagements contractés, ou pour des services autorisés par moi lorsque j'occupais cette position. Je ne sache pas qu'un ministre responsable soit tenu de rendre compte de la même manière qu'un employé subalterne des départements. On doit présumer, je crois, qu'un homme qui a été jugé digne d'un si haut emploi ne consacrera pas de l'argent public à un but privé ou personnel. Je dois ajouter qu'ayant tenu un portefeuille dans toutes les administrations qui se sont succédées en Canada depuis 1862, il n'est jamais venu à ma connaissance, pendant tout le temps, qu'on ait demandé à un ministre les pièces justificatives de ses dépenses, lors même que ce ministre aurait rempli le rôle de commissaire, de délégué ou de représentant du gouvernement. Sa simple déclaration a toujours été jugée suffisante. Je m'oppose donc en principe, ainsi que pour défendre l'honneur et le crédit des fonctions ministérielles, à former une exception et à établir, avec mon affaire, un précédent dérogatoire.

Mais j'admets, sans mettre en question le droit que peuvent avoir mes anciens collègues, qui ont été conjointement responsables de mes actes, qu'il faut que vous soyez mis en possession de toutes les informations nécessaires. En conséquence, je vous envoie ci-inclus un *état* de tous les déboursés que j'ai faits depuis le jour où je quittai Ottawa, et si vous les exigez, je vous enverrai, pour l'usage du conseil privé, toutes les pièces justificatives que j'ai en ma possession et qui expliquent tous les items de l'état, sauf le dernier. Les circonstances dans lesquelles je me suis trouvé,—souvent n'ayant pas sous la main de quoi écrire, traitant avec les gens en route, ou dans l'obscurité, ou sous le soupçon ou avec l'appréhension d'un danger,—font qu'il m'a été impossible d'exiger des quittances, et comme, pendant tout le temps de mon absence du Canada, je n'ai pas dépensé moi-même ni permis aux autres de dépenser de l'argent public pour d'autres fins que des fins publiques (au meilleur de mon jugement), je n'ai pas pris à m'assurer de pièces justificatives tout le soin que j'y aurais mis si j'avais pu penser que le département d'audition du gouvernement recevrait instruction de me faire rendre compte comme à un officier subalterne.

Me rendant à votre invitation, je soumets avec cet "état" un mémoire des pertes réelles et directes que j'ai subies en tentant d'accomplir la mission qui m'avait été confiée, celle d'introduire et d'établir l'autorité du gouvernement canadien dans le Nord-Ouest. Les pertes indirectes ont été beaucoup plus considérables ; mais comme il me paraît que ces pertes ne pourraient être un objet convenable pour l'examen du gouvernement dans l'enquête officielle dont vous être chargé, je n'ai pas essayé d'en faire l'estimation.

Le gouvernement jugera-t-il que, dans tous les cas, j'ai droit au dédommagement des pertes que mentionne le mémoire ? je l'ignore, et je laisse la chose à son entière discrétion.

J'inclus le compte de l'encanteur contenant les produits de la vente des chevaux, etc., ramenés à St. Paul, ainsi que le compte de la personne que j'avais laissée là pour en prendre soin. Ces bêtes avaient beaucoup souffert du voyage, et ont réalisé autant que j'en attendais.

j'ai l'honneur d'être, Monsieur,
Votre très-obéissant serviteur,

L'honorable S. L. Tilley, C.B.,   W. McDougall.

Ministre des Douanes et Président du sous-comité au Conseil.

MÉMOIRE des dépenses faites par (et en vertu de l'autorité de) l'honorable William McDougall, comme ministre des travaux publics, en 1869 ; ainsi que des dépenses encourues et des paiements faits en raison d'une commission qui lui avait été donnée comme lieutenant-gouverneur des territoires du Nord-Ouest.

		$	cts.
1er octobre 1869.......	Montant payé pour chevaux, voitures, etc., argent américain..	1,376	70
Oct. et 2 déc. 1869.....	do à M. M'Cauley, au Fort Abercrombie pour provisions de bouche, logement, etc....................	520	40
3 novembre 1869	Montant avancé à Thompson et Atkinson, pour services, etc...	30	00
4 octobre 1869	Montant payé pour une voiture légère à deux chevaux (couverte.)	380	00
5 novembre 1869......	Montant payé pour le transport des armes, du ménage, etc., à St. Cloud (or).....................................	1,290	00
6 décembre 1869	Montant payé pour transporter les armes, etc., de St. Cloud à Georgetown.......................................	562	65
7 ,, ...	Montant payé au Major Wallace pour achat de chevaux, voitures, approvisionnements, etc., à St. Paul...............	1,455	00
8 oct. et déc. 1869	Montant avancé à A. N. Richards, écr...........	260	00
9 ,, ...	do do au Capitaine Cameron	200	00
10 ,, ...	do do à J. A. N. Provencher	742	10
11 ,, ...	Mont. payé à W. J. Fonseca, pour compte de fret sur le ménage.	658	66
12 décembre 1869......	Montant payé à J. Ormand, pour fret du bagage, de Pembina au Fort Abercrombie	125	00
13 ,, ...	Montant payé pour impôts sur les effets à Pembina............	126	10
14 ,, ...	do do traites de C. Mair à St. Paul..............	290	00
15 ,, ...	do do approvision. aux prison. détenus au F. Garry.	121	62
16 ,, ...	do do à J. S. Settler, pour louage d'un cheval pour le Colonel Dennis.....................................	63	20
17 ,, ...	Montant payé à William Druver pour services...............	49	00
18 ,, ...	Montant remboursé au Dr. Jukes, pour pistolets, couvertures, etc., donnés aux Sauvages, et pour services professionnels.	234	50
19 ,, ...	Montant payé au compte des gages d'un homme pour amener les chevaux du Fort Abercrombie et les prép. pour la vente.	122	00
7 oct. et janv. 1870....	Montant payé comme *dépenses générales* de l'expédition y compris les frais de route en chemin de fer, les dépenses d'hôtel, de télégraphie, de construction de maisons et d'écuries à l'embina, salaires d'un ouvrier et de domestiques, fret d'effets ramenés en Canada, approvision. consommés et laissés à l'embina, fourrage pour les chevaux, le *service secret*, en tout.	3,750	00
		$12,356	93

MÉMOIRE des produits des tra   tirées sur le gouvernement canadien, reçus par M. M.   ugall, à St. Paul.

		$	cts.
Octobre 1869	Produit de deux traites (argent américain)................	4,975	00
Décembre 1869	Traite d'or en faveur de Hill, Griggs et Cie.. (or).............	1,290	00
Janvier 1870...........	Produit d'une traite sur New-York, (argent américain)........	4,000	00
Avril 1870.............	Produit de la vente des chevaux, etc., à l'encan à St. Paul.....	934	87
		$11,199	87

Note.—Cinq voitures non-endommagées ont été laissées par moi à Pembina, aux soins de M. Provencher, une voiture légère à deux chevaux (un peu endommagée) aux soins de H. C. Burbank, écr., à St. Cloud.   Ces voitures appartiennent au gouvernement.

W. M. D.

Mémoire des pertes réelles éprouvées par M. McDougall en faisant ses préparatifs de départ et en essayant de mettre sa commission à effet dans le Nord-Ouest.

		$	cts.
Septembre 1869	Pertes provenant d'une vente précipitée de son ménage, voitures, harnais, etc..........................	700	00
Décembre 1869	Perte de deux chevaux de voiture, l'un empoisonné par un métis français aux Grandes Fourchettes, l'autre vendu avec la propriété du gouv. à St. Cloud, et dont le prix de vente a été porté au crédit du gouvernement......................	600	00
	Valeur de livres et autres objets, saisis et enlevés par les rebelles........	475	00
	Dépenses à Ottawa après son retour au Canada et avant la réunion du parlement	140	00
	Cours du Canada................	$1,915	00

St. Paul, 3 mars 1870.

Compte de la vente de la propriété de l'hon. Wm. McDougall, vente faite à l'encan par H. S. Temple, encanteur.

No.		$	cts.
1	Cheval brun	85	00
2	" noir..	111	00
3	" bai..	112	00
4	" gris..	130	00
5	" noir..	82	00
6	" gris..	51	00
7	1 paire de chevaux bais............................	250	00
8	1 cheval rouan	98	00
9	1 jument noire......................................	151	00
10	1 jument baie.......................................	200	00
11	1 jument baie (estropiée)...........................	87	50
	1 tente perpendiculaire.............................	6	00
	"	8	25
	"	10	00
	" (grande)............................	20	00
	5 couvertures de voiture (endommagées)............	22	00
	3 robes de buffle..................................	16	50
	11 paires de couvertes.............................	68	00
	1 prélat	1	50
	12 couvertures pour chevaux (endommagées).........	13	15
	½ jeu d'harnais double.............................	10	00
	"	28	00
	"	23	00
	"	24	00
	1 jeu de harnais double pour carrosse	25	00
	" simple...............................	14	00
	4 paires de palonniers..............................	8	00
	2 colliers..	2	55
	1 paire de glands, boîte et couverture	33	00
		$1,690	45
	Moins une commission de 2¾%......	46	48
		$1,643	97

H. S. Temple.

L'hon. Wm. McDougall en compte avec F. McDougall.

1870.		Dr. $ cts.	Cr. $ cts.
3 janvier	Compte pour chèque sur la 1ère Banque Nationale		92 75
19 ,,	Pour frais de route en ch. de fer, de St. Paul à St. Cloud	4 00	
21 ,,	" " " retour	4 00	
5 février	Souscriptions aux journaux de St. Paul et frais de poste	6 10	
5 ,,	Comptant, par chèque sur la 1ère Banque Nationale		150 00
7 ,,	Pour frais de route en ch. de fer, de St. Paul à St. Cloud	4 00	
9 ,,	" " en diligence à Abercrombie	21 00	
17 ,,	Frais de route pour quatre chevaux, d'Abercrombie à St. Cloud	10 00	
19 ,,	" " en ch. de fer de St. Paul à St. Cloud	4 00	
24 ,,	" " " retour à St. Cloud	4 00	
23 ,,	Comptant—Vente d'une boîte de wagon		9 00
28 ,,	Frais de route pour douze chevaux, de St. Cloud à St. Paul	12 00	
28 ,,	Payé à un homme pour aider à conduire les chevaux, y compris ses frais de retour	10 00	
4 mars	Payé à D. M. Robbins, pour frais d'écurie, d'annonces et de grange	42 20	
4 ,,	Payé la facture de C. McCauley	*100 74	
4 ,,	" H. C. Burbank	†239 57	
4 ,,	" Hill, Briggs et Cie	79 74	
4 ,,	Frais de route en chemin de fer de St. Paul à Toronto	33 50	
7 ,,	64 jours d'hôtel à $2 50 par jour	160 00	
7 ,,	Deux mois de traitements à $113	220 00	
	Par recettes de ventes		1,643 97
		$960 85	1,895 72
			960 85
	Balance due à W. McDougall, argent américain		$934 87

* Pour entretien de quatre chevaux laissés pour l'usage des prisonniers canadiens dét. au Fort Abercrombie.
† Pour nourrir et entretenir le reste des chevaux à St. Paul, préalablement à la vente.

Bureau du Ministre des Douanes,
8 décembre 1870.

Monsieur,—L'honorable ministre des douanes m'a chargé de vous envoyer la lettre ci-incluse qu'il a reçue dernièrement, et qui réclame une indemnité pour des pertes éprouvées au Nord-Ouest; je vous prie de la passer à l'honorable secrétaire d'état pour les provinces.

J'ai, etc,

Charles P. Bliss,
Secrétaire.

Sous-Secrétaire d'État pour les Provinces.

Fort Garry, Rivière-Rouge,
13 octobre 1870.

Cher Monsieur,—Vous avez eu l'obligeance de me donner l'année dernière une lettre de présentation auprès du gouverneur McDougall, quand je quittai Ottawa pour venir ici. Je vous écris aujourd'hui au sujet d'une indemnité que je réclame pour des pertes que j'ai éprouvées en exécutant des ordres qui m'avaient été donnés par ce monsieur. Vous vous rappelez sans doute que le colonel Dennis arriva ici vers le 1er décembre, muni de pleins pouvoirs pour écraser la révolte.   Il fit un appel aux loyaux pour les engager à se joindre à lui ; je m'enrôlai de suite dans la compagnie du capitaine Lynch, de laquelle je fus transféré à Kildonan pour y remplir les fonctions de sergent-instructeur de cette compagnie, tout en étant nommé capitaine de la compagnie de St. Paul, dans la paroisse voisine.   Je travaillai pendant huit jours sous les ordres du colonel Dennis à ces deux endroits, puis je reçus ordre de surveiller le transport de munitions au Fort Garry inférieur.   Je m'acquittai de cette dernière mission, puis le colonel Dennis m'informa que nous ne devions plus continuer les exercices jusqu'à nouvel ordre.   Il me pria alors d'aller à St. Jacques et de lui envoyer William Hallet.   Je me préparais à partir quand il vint à moi, et me dit qu'il désirait que je ne fusse pas vu armé après qu'il eut lancé sa proclamation, ordonnant la suspension des mesures actives, et il me promit que si je voulais lui laisser mes armes, elle serait envoyée à l'archidiacre McLean le lendemain.   Il confia ce soin au capitaine Jury.   La carabine (une de Balad se chargeant par la culasse) le ceinturon, la giberne, le poignard—le tout coûtant $50— furent volés le lendemain, de sorte que je ne les reçus pas.   Mon bagage, qui avait été laissé au bureau du colonel Dennis et qui, d'après des ordres donnés, devait être envoyé au fort inférieur, fût transporté, sur l'ordre du capitaine Lynch, chez le Dr. Schultz, qui devait prendre les trois cents cartouches à balles qu'il contenait ; quand la maison du Dr. Schultz fut prise, mon bagage tomba naturellement entre les mains des rebelles, en sorte que de tout ce que j'avais apporté du Canada il ne me resta que ce que je portais sur moi.   Je croyais qu'un bureau d'indemnité serait ouvert ici, que les pertes éprouvées par nous en agissant sous la direction d'un ministre canadien seraient vérifiées et qu'on nous donnerait des compensations. Comme rien de cela n'a été fait, et comme, pour ma part, je suis à court d'argent, je prends le parti de vous écrire et de vous transmettre une estimation, d'après l'échelle canadienne, des pertes que j'ai éprouvées ; j'espère que vous emploierez votre influence pour m'obtenir un prompt règlement de cette affaire, car il y a maintenant près d'un an que ces pertes ont été subies.

J'ai, etc.,

COPLAND COULARD.

1 paires de couvertures de laine	$5 00
1 capote	16 00
1 carabine, poignard, ceinturon et giberne	50 00
300 cartouches à balle	6 00
Linge, livres, médicaments	25 00
Exercice, 10 jours de service, paie de capitaine, à $4 par jour	40 00
	$142 00

P.S.—Pendant cinq ans j'ai été officiers en Angleterre, et suis porteur d'un certificat de la marine royale, Plymouth, comme sergent-instructeur.

---

(635)

BUREAU DU SECRÉTAIRE D'ETAT POUR LES PROVINCES,
OTTAWA, 13 décembre 1870.

MONSIEUR,—Relativement à ma lettre du 9 du présent mois, j'ai l'honneur de vous transmettre ci-inclue copie d'une lettre d'un nommé Copland Coulard, réclamant une indemnité pour des pertes qu'il dit avoir éprouvées durant les récents troubles de la Rivière-Rouge, et je vous prie de vouloir bien faire instituer une enquête sur cette affaire et d'en transmettre le résultat pour l'information du gouvernement.

No. 532
13 avril, 1870.

J'ai, etc.,

JOSEPH HOWE,
Secrétaire d'Etat pour les Provinces.

L'honorable A. G. Archibald,
   Lieutenant-Gouverneur, Fort Garry.

(636.)

BUREAU DU SECRÉTAIRE D'ÉTAT POUR LES PROVINCES,
OTTAWA, 13 décembre 1870.

MONSIEUR,—J'ai l'honneur d'accuser réception de la lettre de M. le secrétaire Bliss, datée du 8 courant, me transmettant la lettre d'un nommé Copland Coulard qui réclame une indemnité pour des pertes qu'il dit avoir éprouvées durant les récents troubles de la Rivière-Rouge, et de vous informer que l'affaire recevra considération.

J'ai, etc.,

JOSEPH HOWE,
Secrétaire d'Etat pour les Provinces.

L'honorable Ministre des Douanes.

(No. 87.)

HOTEL DU GOUVERNEMENT,
FORT GARRY, 4 janvier 1871.

MONSIEUR,—J'ai l'honneur d'accuser réception de votre dépêche, No. 635 du mois dernier, contenant copie d'une lettre de M. Copland Coulard qui réclame une indemnité pour des pertes qu'il dit avoir éprouvées durant les récents troubles de la Rivière-Rouge, et me demandant d'instituer une enquête à ce sujet et de faire rapport.

Je vais faire cette enquête et vous en transmettrai bientôt le résultat.

J ai, etc.,

ADAMS G. ARCHIBALD.

L'honorable
Secrétaire d'Etat pour les Provinces.

ST. PAUL MINNESOTA, ETATS-UNIS
4 janvier 1871.

MONSIEUR,—J'ai l'honneur de faire auprès du gouvernement canadien une réclamation dont vous trouverez les particularités dans la quittance ci-incluse. Ce n'est qu'hier que je suis arrivé ici de Winnipig, où je demeurais depuis la fin de juillet 1869. En commençant mes remarques, je dirai que je suis Anglais, et grâce à la parfaite neutralité que j'ai observée dans la récente révolte, je suis du petit nombre de ceux qui n'ont pas été molestés par les partisans de Riel. Quant à ma réclamation, vous savez sans aucun doute que M. McDougall, le gouverneur envoyé au Nord-Ouest par le Canada, a lancé une proclamation qui autorisait le colonel Dennis de prendre plusieurs mesures pour écraser la rébellion ; parmi ces mesures il y avait l'achat d'armes à feu, etc., fait au compte du gouvernement canadien. A cette époque j'avais un fusil en vente chez l'armurier ; il fut, au compte du gouvernement canadien, vendu au Dr. Lynch qui donna la quittance ci-incluse. Le Dr. Lynch me renvoya au gouvernement canadien. La somme est légère, mais d'une *immense importance* pour moi, car sans elle je ne puis faire un pas ni payer ma pension à la fin de la semaine. Je vous serais très obligé si vous avez la complaisance d'en ordonner immédiatement le paiement, tout en me pardonnant la liberté que j'ai prise de vous faire cette demande.

Adresse—Bureau de poste, St. Paul.

J'ai, etc.,

THOS. STEELE.

L'honorable Joseph Howe,
Ottawa, Canada.

VILLE DE WINNIPIG, 2 décembre 1869.

Reçu de M. Steele, un fusil à deux coups, boîte, etc., évalué à £12 sterling.

JAMES LYNCH, M.D.,
Pour le Col. Dennis,
Stuart D. Mulkins.

BUREAU DU SECRÉTAIRE D'ETAT POUR LES PROVINCES,
OTTAWA, 12 janvier 1871.

MONSIEUR,—J'ai l'honneur d'accuser réception de votre lettre du 4 du présent mois, transmettant une réclamation pour la somme de douze louis sterling (£12 sterling) valeur d'un fusil acheté de vous par le Dr. Lynch, à Winnipig, en décembre dernier.

En réponse, je dois vous informer que votre réclamation est une de celles qui ne peuvent être reconnues par le gouvernement. Le Dr. Lynch n'était en aucune manière autorisé par le gouvernement à contracter des dettes au nom de ce dernier. La transaction dont parle votre lettre est donc une affaire privée entre ce monsieur et vous.

J'ai, etc.,

JOSEPH HOWE,
Secrétaire d'Etat pour les Provinces.

____

(26.)

BUREAU DU SECRÉTAIRE D'ETAT POUR LES PROVINCES,
OTTAWA, 18 janvier 1871.

MONSIEUR,—J'ai l'honneur de vous demander qu'un mandat soit émis, au compte de ce bureau, sous forme de traite, en faveur de M. Frank W. Johnston, pour la somme de trois cent vingt piastres, en paiement de ses services comme aide-gardien des magasins du gouvernement à la Pointe des Chênes, établissement de la Rivière-Rouge, en 1869-70, et pour couvrir ses frais de voyage,—le montant devant être porté au compte de l'allocation pour l'ouverture des territoires du Nord-Ouest, conformément à l'ordre en conseil du 16 courant.

(No. 443.)

J'ai, etc.,

E. A. MEREDITH,
Sous-Secrétaire d'Etat pour les Provinces.

A l'auditeur des comptes publics.

____

(450.)
Rapport d'un comité de l'honorable conseil privé, approuvé par Son Excellence le gouverneur-général en conseil, le 13 janvier 1871.

Dans un mémoire en date du 14 janvier 1871, l'honorable ministre des travaux publics informe le conseil qu'il a examiné une réclamation de M. Frank W. Johnston pour paiement de services comme aide-gardien des magasins du gouvernement à la Pointe des Chênes, établissement de la Rivière-Rouge, en 1869-70, et que, à son avis, M. Johnston doit être rétribué à raison de $1.50 par jour, plus ses frais de voyage, le tout représentant la somme de trois-cent-vingt piastres à prendre sur l'allocation pour l'ouverture des territoires du Nord-Ouest.

Le comité soumet la recommandation ci-dessus à l'approbation de Votre Excellence.

Certifié,

WM. H. LEE,
Greffier Conseil Privé.

A l'hononorable,
Secrétaire d'Etat pour les Provinces.

____

MINISTRE DES FINANCES, OTTAWA, 23 janvier 1871.

MONSIEUR,—J'ai l'honneur de vous informer qu'un mandat a été émis au compte du département du secrétaire d'Etat pour les provinces, pour la somme de $320, sous forme de chèque en faveur de Frank W. Johnson pour services à la Pointe des Chênes, Rivière-Rouge.

Vous-même, ou votre procureur, pouvez avoir le mandat au bureau du receveur-général du Canada.

J'ai l'honneur, etc.,

WILLIAM DICKINSON,
Sous-inspecteur général.

E. A. Meredith, écr.,
Sous-Secrétaire d'Etat pour les Provinces, etc., etc., etc.

(39.)

BUREAU DU SECRÉTAIRE D'ETAT POUR LES PROVINCES,
OTTAWA, le 25 janvier 1871.

No. 443.

$320.

MONSIEUR,—J'ai l'honneur de vous informer que Son Excellence le gouverneur-général en conseil a bien voulu ordonner qu'une somme de trois cent vingt piastres ($320) vous soit payé pour services comme aide-gardien des magasins du gouvernement, à la Pointe-des-Chênes, Rivière-Rouge, en 1869-1870, à raison de $1 50 par jour, et pour ses frais de route.

Je vous transmets ci-inclus un chèque pour le montant.

J'ai l'honneur, etc.

JOSEPH HOWE,
Secrétaire d'Etat pour les Provinces.

Frank W. Johntson, écr.,
Pointe-des-Chênes, Manitoba.

Extrait du rapport d'un comité de l'honorable conseil privé, approuvé par Son Excellence le gouverneur-général en conseil, le 21 septembre 1870.

Le comité du conseil a examiné l'extrait ci-joint des minutes d'une réunion de l'honorable bureau de la trésorerie, tenue le 14 septembre courant, et sur la recommandation de l'honorable ministre des finances, le comité est d'avis que diverses recommandations faites par le bureau soient adoptées et mises à effet.

Certifié.

WM. H. LEE,
G. C. P.

A l'Honorable Secrétaire d'Etat pour les Provinces, etc., etc., etc.

Extrait des minutes d'une réunion du bureau de la trésorerie, tenue à Ottawa, le 14 septembre 1870.

Comptes de la Rivière-Rouge—Examiné les comptes suivants :—

McArthur et Martin, (Peter McArthur,) £19 8s. 0d. *W. G. Fonsien,* £197 11s. 4d.
Ces comptes ont été soumis a l'honorable Wm. McDougall qui, conformément au rapport de l'assistant-auditeur, recommande que le premier montant soit payé et que, sur le second, l'on retranche £49 4s 9d. ce qui laisse £148 6s. 7d.

McArthur et Martin—(réclamations diverses)—Ces réclamations ont également été soumises à M. McDougall qui recommande que les hommes accordés par le colonel Dennis soient payées.

Le bureau approuve ce règlement de comptes et recommande au conseil que les dits comptes soient payés.

Respectueusement soumis.

Trésorerie, Ottawa,
16 septembre 1870.

F. HINCKS,
Président

Le secrétaire d'Etat pour les colonies au gouverneur-général ;

(Canada—No. 297.)

DOWNING STREET, le 11 novembre 1870.

MILORD,—J'ai l'honneur de transmettre à votre seigneurie la copie ci-incluse d'une lettre de la compagnie de la Baie d'Hudson, avec copie de la réponse que j'y ai fait faire, relativement à la réclamation de la compagnie pour pertes subies durant les troubles à l'établissement de la Rivière-Rouge.

J'ai l'honneur, etc.

KIMBERLY.

Au gouverneur-général le très-honorable
Lord Lisgar, G.C.B. G.C.M.G, etc., etc., etc.

Sir Stafford Northcote à Sir F. Rogers.

HOTEL DE LA BAIE D'HUDSON,
Londres, le 1er novembre 1870.

MONSIEUR,—Je suis chargé par le comité de la compagnie de la Baie d'Hudson de vous prier de représenter au comte de Kimberley que le temps semble venu d'examiner la réclamation de la compagnie pour indemnité des pertes qu'elle a subies durant les troubles de la Rivière-Rouge, aujourd'hui heureusement apaisés.

Le comité ne croit pas devoir fatiguer sa seigneurie en lui récapitulant la longue correspondance qui amena le transfert des droits territoriaux de la compagnie au gouvernement fédéral du Canada, non plus que les circonstances qui ont retardé la mise à effet des arrangements conclus juste au moment où ils devenaient exécutoires; le comité ne veut pas non plus examiner la question de savoir jusqu'à quel point les troubles qui ont amené la suspension du transfert étaient dus à l'action du gouvernement fédéral ou de ses représentants, ni, enfin, la question de savoir jusqu'à quel point cette suspension était justifiable. Qu'il lui suffise de déclarer que, par suite de ces troubles, la compagnie a subi des pertes considérables. et de représenter à Lord Kimberley qu'en justice le gouvernement de Sa Majesté doit prendre des mesures pour que la compagnie soit indemnisée.

Les pertes que la compagnie a subies sont de différentes espèces. D'abord elle a dû attendre pendant plus de cinq mois le paiement du prix d'achat. Ce délai lui a occasionné des pertes qui ne doivent pas être calculés seulement par l'intérêt de la somme. Le gouvernement ayant officiellement informé le comité que le prix d'achat serait payé le 1er décembre, le comité fit part de ce renseignement aux actionnaires à l'assemblée tenue le 7 novembre, et sur la foi de cette promesse on fit des arrangements que l'on dût ensuite modifier au détriment des actionnaires individuels et aussi de la compagnie.

En second lieu, les magasins de la compagnie à Fort Garry ont été pillés. Cette perte a été causée par le fait qu'aucune autorité pouvant réprimer les troubles n'existait dans l'établissement du jour où le gouvernement de la compagnie cessait en vertu des proclamations lancées par M. McDougall le 1er et le 2 décembre. Les personnes alors de fait au pouvoir et s'intitulant "gouvernement provisoire," pillèrent les magasins de la compagnie dont elle avaient pris possession de force, disant que c'était une propriété publique; en outre, elles s'emparèrent d'une grande quantité de fourrures précieuses, incontestablement la propriété particulière de la compagnie. La rançon demandée et ainsi payée, en fourrures, représente la somme de £5,000 et les autres effets pillés celle de £4,000.

Le comité ne sait pas encore si toutes les fourrures ont été rendues, ou si la perte subie est plus considérable qu'il ne l'indique ici; il ignore également l'exacte quantité des effets enlevés des magasins.   Le comité espère recevoir bientôt des renseignements à cet égard. Enfin, nul doute que la compagnie a encouru des pertes considérables par suite de la désorganisation de son commerce durant ces troubles.

La compagnie ne réclame rien sous ce dernier chef qu'elle mentionne seulement à l'appui de ses autres réclamations.

Le comité ne discute pas de quelle source doit venir l'indemnité.   Il pense que le gouvernement doit régler cette affaire, dont tout le dossier est entre ses mains.   Le comité se borne à soumettre le cas à Lord Kimberley en indiquant le montant de l'indemnité à laquelle il pense que la compagnie a droit.   Il demande l'intérêt à 5 p. cent sur le prix d'achat (£300,000), du 1er décembre 1869, au 11 mai 1870, jour où le capital a été payé.   Il demande qu'on lui rembourse le prix des fourrures exigés pour rançon et le prix de celles qui ont été enlevées, quant au pillage des magasins, il demande qu'une commission soit nommée pour évaluer l'indemnité qui est équitablement due à la compagnie.

Il espère que le gouvernement de Sa Majesté hâtera, autant que possible, le règlement de ces réclamations.

Je suis, etc.,

STAFFORD H. NORTHCOTE,
Gouverneur.

Sir Frédéric Rogers, Bart., etc.,
  Ministère des Colonies.

Le sous-secrétaire d'État au département des colonies à Sir H. Northcote.

DOWNING STREET, le 21 novembre 1871.

MONSIEUR,—Je suis chargé par le comte Kimberley d'accuser réception de votre lettre du 1er courant, par laquelle vous sou   les réclamations de la compagnie de la Baie d'Hudson, pour indemnité des pe   par elle dans les troubles récents de la Rivière-Rouge.

Le comité ayant déclaré qu'il s'abstient de discuter de quelle source doit venir l'indemnité, et qu'il croit qu'il appartient au gouvernement de Sa Majesté de régler cette question, il est nécessaire de vous rappeler quelle position occupe le gouvernement de Sa Majesté dans cette question du transfert des territoires de la compagnie au Canada.

En vertu de l'acte de l'Amérique Britannique du Nord, 1867, 30 Victoria, chapitre 8, section 146, il est loisible à Sa Majesté, de l'avis du conseil privé, d'admettre la Terre de Rupert dans l'union, sur la présentation d'adresses de la part des chambres du parlement du Canada, et aux termes et conditions que Sa Majesté jugera convenable d'approuver.

Mais bien qu'en vertu de cet acte et de l'acte concernant la Terre de Rupert, 1868, Sa Majesté ait le pouvoir d'opérer le transfert formel de la Terre de Rupert à la Puissance du Canada, Sa Majesté a été avisée que son approbation ne pouvait être convenablement donnée qu'aux termes et conditions acceptés par les deux parties réellement intéressées : le parlement canadien et la compagnie de la Baie d'Hudson.   En conséquence, le gouvernement de Sa Majesté ne s'est occupé que des conditions qu'il a jugées acceptables pour les deux parties.

Lord Kimberley me charge de rappeler à votre attention deux lettres adressées par ordre de Lord Granville au gouverneur de la compagnie de la Baie d'Hudson, le 22 février et le 9 mars, respectivement, lettre dans lesquelles la position du gouvernement de Sa Majesté était parfaitement définie en ce qui regarde les négociations.   Le gouvernement de Sa Majesté a appris avec plaisir que les conditions proposées par Lord Granville dans ces deux lettres ont été acceptées, avec de légers changements, par le gouvernement canadien et la compagnie de la Baie d'Hudson.   Le gouvernement de Sa Majesté n'est aucunement responsable des mal-

51

heureux troubles qui ont eu lieu à la Rivière-Rouge, troubles qui ont retardé le transfert,—et il a volontiers aidé au rétablissement de l'ordre,

Lord Kimberley me charge donc de vous informer qu'il ne saurait admettre la responsabilité du gouvernement de Sa Majesté dans le règlement de l'indemnité que la compagnie réclame. Si la compagnie croit avoir de justes réclamations à faire au Canada, c'est au gouvernement canadien qu'elle doit s'adresser ; mais le gouvernement de Sa Majesté ne saurait intervenir dans le débat.

Copie de votre lettre et de la présente réponse sera transmise au gouverneur-général du Canada.

Je suis, etc.,

H. T. HOLLAND.

Au très-honorable
    Sir Stafford H. Northcote, etc., etc., etc.

Etat du compte rendu par le colonel de Salaberry relativement à sa mission à la Rivière Rouge pour le gouvernement du Canada.

Tous frais, comprenant l'abandon de ma maison, à Montréal, mes frais de route, d'hôtel, etc., entre Montréal, Ottawa et le Fort Garry et retour, le compte des provisions et effets nécessaires au voyage ; déboursés encourues pour ma mission au Fort Garry ; pension au Fort Garry et à Ottawa ; $180 payées à M. Provencher, etc... $2,329 50

Argent touché :—

En partant d'Ottawa..$1,000 00
Au Fort Garry par la compagnie de la Baie d'Hudson.................... 500 00
Au Fort Garry par la même.. 250 00
                                           1,750 00

                                          $579 50
De retour à Ottawa (13 mai).. .... 400 00

    Balance due au colonel de Salaberry.................................... $179 50

N. B.—J'ai avec moi des reçus pour une grande partie des déboursés ci-haut et que je pourrai produire au besoin. Quant aux autres items, je n'ai pu me procurer de reçus, la chose étant naturellement impossible.

OTTAWA, 13 mai 1870.

CHAMBLY, 10 décembre 1870.

Mémorandum fourni au gouvernement de la Puissance du Canada, par le colonel Charles de Salaberry, relativement à sa mission à la Rivière-Rouge.

1ère partie.—Étant un état général des dépenses encourrus à l'occasion du voyage, aller et retour, de Ottawa à Fort Garry. Départ de Montréal, 1er décembre 1869, et retour, 13 avril 1870, savoir :

Dépenses d'équipement..	$200	00
do de voyage pour aller..	509	00
do do pour revenir..	509	00
Pension à Fort Garry et à Ottawa...	244	00
Dépenses pour aider à l'accomplissement de ma mission.....................	267	50
Abandon de ma maison, à Montréal, dont j'ai dû payer le loyer, et la tenir chauffée et occupée, gages des domestiques, etc.............................	400	00
Payer à M. Provencher..	180	00
Total des dépenses.. $2,309	50	

Seconde partie.—Etant un état des sommes qui m'ont été fournies à l'occasion de la dite mission :—

En partant d'Ottawa j'ai touché...$1,000	00	
A Fort Garry, j'ai touché de la compagnie de la Baie d'Hudson............	500	00
Do plus par Mgr. Taché..	250	00
De plus par le Grand Vicaire Thibeau..	300	00
A mon retour à Ottawa...	400	00
	$2,450	00

Je laisse au gouvernement à décider qu'elle rémunération il désire me donner pour mes services, depuis le jour de mon départ jusqu'à celui de mon retour, sus-mentionnés, étant ensuite retourné à Ottawa à la demande du gouvernement, où je suis resté jusqu'au 13 mai 1870.

CHARLES DE SALABERRY.

BUREAU DU SECRÉTAIRE D'ETAT POUR LES PROVINCES,
14 décembre 1871.

(637.)

MONSIEUR,—J'ai l'honneur d'accuser réception de votre lettre en date du 10 décembre No. 537. courant, transmettant un *memorandum* à l'occasion de votre mission à la Rivière-Rouge, avec copie de deux autres documents mentionnés dans votre lettre.

Je me chargerai de soumettre à la considération de Son Excellence le gouverneur-général votre lettre et les autres documents ci-dessus mentionnés.

J'ai, etc.,

JOSEPH HOWE,
Secrétaire d'Etat pour les Provinces.

Lieut.-Colonel Charles De Salaberry,
    Chambly.

Rapport d'un comité de l'honorable conseil privé, approuvé par Son Excellence le gouverneur-général en conseil, le 26 janvier 1871

Le comité du conseil a pris en considération le rapport ci-joint du sous-comité auquel ont été renvoyées les réclamations des officiers chargés de se rendre au territoire du Nord-Ouest, dans l'automne de 1869, et, pour les raisons énoncées dans ce rapport, il recommande que les montants suivants soient alloués et payés aux personnes ci-dessous énumérées respectivement, savoir:

L'hon. Wm. McDougall.. $2,956 35
L'hon. A. N. Richards 3,800 00
M. Alexandre Begg... 503 33
M. J. A. N. Provencher................ .... 1,671 39
Colonel De Salaberry.................................. .... 641 50

Certifié.

Wm. H. Lee,
Greffier du conseil privé.

A l'honorable Secrétaire d'Etat pour les Provinces, etc., etc., etc.

Conseil Privé,
Ottawa, 10 janvier 1871.

Le sous-comité auquel ont été renvoyées les réclamations des officiers chargés de se rendre au territoire du Nord-Ouest, dans l'automne de 1869, soumet le rapport suivant :—

1er. l'hon. Wm. McDougall, déboursés et sommes payées au capitaine Cameron, à M. Richards, M. Provencher, et autres, argent américain'.. $11,066 93
    Moins 10 pour cent.................................... 1,106 69

    Argent du Canada.. $9,960 24
Aussi en argent du Canada................................. 1,290 00
Perte sur la vente de meubles de ménage, carrosses, etc., livres et autres articles saisis, perte de deux chevaux, et dépenses à Ottawa après son retour au Canada.   En argent du Canada...................... 1,915 00

    $13,165 24

Il reconnaît avoir reçu du gouvernement fédéral et de la vente de chevaux, etc., $9,909 87 argent américain............................. 8,918 89
Et en argent américain...................................... 1,290 00

    $10,208 89

Ce qui laisserait une balance due à l'hon. Wm. McDougall en argent canadien de 2,956 35

Les montants crédités par M. McDougall semblent être corrects en les comparant avec les comptes de l'auditeur général. Le comité recommande, en conséquence, le paiement de la balance ci-dessus.

2ème. l'hon. A. H. Richards, réclame comme dépenses...................... $500 00

Et un salaire au taux de $3,000 par année, du 1er octobre 1869, jusqu'au milieu de novembre 1870, ainsi que deux années de salaire pour perte de sa clientèle et le fret sur ses livres devant revenir du Fort Garry.
Le comité recommande qu'on lui alloue pour ses dépenses $500 00
Une année de salaire 2,000 00
Et pour la perte de sa clientèle... 3,000 00

    Faisant un total de $5,500 00

Il ne reconnaît avoir reçu du gouvernement fédéral, en argent du Canada.. 1,700 00

Laissant une balance à lui due de.. $3,800 00

Le comité recommande qu'elle lui soit payée en liquidation des réclamations qui précèdent et de toutes autres tirés au service de l'expédition.

3c. M. Alexander Begg, perte de salaire due à son absence à Ottawa.. $103 33

Services extra rendus à l'honorable W. McDougall à Pembina.......... 300 00

Perte de l'augmentation de salaire....................................... • 24 00

Dépenses de son fils qui l'a accompagné au Nord-Ouest 300 00

Equipement, hardes et autres dépenses occasionnées par le fait qu'il partait à cette saison de l'année.................................... 525 00

Faisant une somme totale de.. $1,252 33

Le comité recommande que les sommes suivantes soient allouées et payées à M. Begg :—

Perte de salaire causée par son absence... 103 33

Equipement et pertes se rattachant à l'expédition............................. 400 00

Total.. $503 33

4e. J¹ A. N. Provencher, écr., dépenses de Montréal à Pembina, de là à St. Norbert et retour, et dépenses à Pembina jusqu'au 16 décembre... $300 00

Fret et dépenses pour livres et papiers etc., jusqu'à Pembina et retour. 200 00

Serviteurs à Pembina du 16 décembre au 12 avril....................... 85 00

Droits de douane.. 40 00

Donné aux réfugiés canadiens, et frais de voyage de Pembina à Ottawa avec serviteurs... 435 00

M. McDougall, traite sur la maison Ste. Croix 48 70

Et autres dépenses à Pembina....................................... 503 58

Diverses autres dépenses, y compris l'équipement......................... 1,000 00

Total des dépenses réclamées.. $2,612 28

Sur le grand montant le comité recommande de déduire 159 jours de pension à Pembina à $2................................. $318 00

Sur la réclamation pour équipement, livres, etc............... 300 00

$618 00

Laissant une balance générale pour dépenses................... $1,994 28

A laquelle il recommande d'ajouter une année de salaire................... 2,000 00

Faisant un total de... $3,944 28

M. Provencher reconnaît avoir reçu du gouvernement fédéral et de l'honorable Wm. McDougall, du colonel de Salaberry, et de l'honorable Dr. Tupper, et de la vente de voitures, chevaux et ameublement, en argent du Canada............................... $2,322 89

Laissant en sa faveur une balance de $1,671 39

Dont le comité recommande le paiement.

—

5e. Le colonel de Salaberry demande pour frais d'équipement...............	$200	00
Dépenses au Fort Garry, au Fort, et retour à Ottawa.....................	1,262	00
Présents aux personnes liées à l'expédition.........................	267	50
Dépenses pour sa maison à Montréal, en son absence, chauffage, surveillance, etc	400	00
Payé à M. Provencher	180	00
Total	$2,309	50

Le comité recommande qu'il lui soit alloué :—

Équipement	$200	00
Frais de voyage au Fort Garry, aller et retour, et pendant son séjour...	1,044	00
Présents aux personnes liées à l'expédition...............................	267	50
Dépenses pour sa maison à Montréal.......................................	400	00
Paiement à M. Provencher..	180	00
Total pour dépenses	$2,091	50
A ajouter pour ses services..	$1,000	00
	3,091	50
Il reconnaît avoir reçu du gouvernement fédéral, de la compagnie de la Baie d'Hudson, de Monseigneur Taché et de M. le Grand Vicaire Thibeault..	2,450	00
Laissant en sa faveur une balance de	$641	50

Dont le paiement est recommandé.

—

6e. James E. Ermatinger

Il appert, d'après les documents ci-joints, que ce monsieur a été payé de tous ses services.

S. L. Tilly,
    ,,   A. Campbell,
    ,,   Hector L. Langevin.

—

(No. 62.)

Département du Secrétaire d'Etat pour les Provinces,
2 février 1871.

Monsieur,—J'ai l'honneur de vous informer qu'il a plu à Son Excellence le gouverneur-général, ordonner que la somme de $2,956 35 vous soit payée en liquidation du montant réclamé par vous dans votre lettre, en date du 2 novembre dernier, au sujet de votre voyage au Nord-Ouest, et adressé au ministre des douanes.

No. 587.

Un mandat pour le montant ci-haut va être émis et sera délivré à vous-même ou à votre agent, au bureau du receveur-général.

J'ai, etc.,
Joseph Howe,
Secrétaire d'Etat.

L'Honorable W. McDougall, C. B., Toronto.

DÉPARTEMENT DU SECRÉTAIRE D'ETAT POUR LES PROVINCES,
2 février 1871.

586.
(53.) L'honorable
A. N. Richards,
Brockville.
(54.) A. Begg, écr.
Départ. du E. de
l'Intérieur.
(55.) J. A. N. Pro-
vencher, Montréal.
(56.) Lt.-Col. de
Salaberry, Québec.

MONSIEUR,—J'ai l'honneur de vous informer que Son Excellence le gouverneur-général en conseil, a pris en considération certaines réclamations formulées par vous à raison de services, dépenses et pertes liés à votre voyage au territoire du Nord-Ouest, dans le cours de l'automne de 1869.

Un mandat pour la somme de $———— sera émis en votre faveur, en liquidation des réclamations ci-haut.

Le mandat vous sera remis, à vous ou à votre agent, au bureau du receveur-général.

J'ai, etc.,

JOSEPH HOWE,
Secrétaire d'Etat.

DÉPARTEMENT DU SECRÉTAIRE D'ETAT POUR LES PROVINCES,
2 février 1871.

(No. 51.)

(No. 586.)

MONSIEUR,—J'ai l'honneur de vous prier de vouloir bien émettre des mandats en faveur des messieurs suivants, pour les montants inscrit en regard de leurs noms respectifs, en paiement des dépenses, etc., qu'ils ont encourus pour se rendre au territoire du Nord-Ouest, dans le cours de l'automne de 1869, aux termes de l'ordre en conseil du 26 de ce mois, savoir :—

L'hon. W. McDougall	$2,956 35
L'hon. A. N. Richards	3,800 00
A. Begg	503 33
J. A. N. Provencher	1,671 39
Lt.-Col. C. de Salaberry	641 50

Ces messieurs ont reçu avis que les mandats ci-haut ont été respectivement émis en leur faveur.

J'ai, etc.,

E. A. MEREDITH,
Sous-Secrétaire d'Etat.

A l'Autiteur-Général des Comptes Publics.